KB268943

하얀 노을

하얀 노을

김수진 지음

미래문화사

　어떤 사람이나 – 특별한 경우를 제외하고 – 자신의 모든 것을 드러내는 것은 원치 않는다.

　더구나 그 일이 자랑스러운 일이 아닐 때는 더욱.

　나 역시 그렇다.

　때문에 이 글을 쓰는 데에는 많은 용기가 필요했다.

　솔직히 이 글을 쓰게 된 것이 처음부터 나의 기획에 의한 것은 아니었다. 내가 에이즈 바이러스에 감염되어 실의에 빠져 있을 때, 한국에이즈퇴치연맹에서 삶의 의지를 굳게 다지고, 같은 병을 앓고 있는 환우들에게 용기를 북돋워 주자는 의미에서 권해왔고, 한국MSD에서 후원을 해주어 용기를 냈다. 이에 동의해 준 남편에게 이 기회에 고맙다는 인사를 전한다.

　우리는 어떤 사람이 감기에 걸렸다고 해서 비난하지 않는다. 마찬가지로 고혈압이나 당뇨로 고생하는 사람에게도 격려는 할지언정 매도는 하지 않는다.

　그러나 에이즈 감염으로 고통을 받고 살아가는 사람들은 다르다. 그들 또한 다른 병들로 고생하는 무수한 여느 환자와 같은 환자일 뿐이다. 그런데도 그 감염 경로가 떳떳하지 못하다고 해서 비난을 받고 있다.

그중에는 나처럼 본인의 행실과는 전혀 무관한 선의의 피해자
도 많다.

나는 이처럼 에이즈 감염으로 인해 고통을 안고 살아가는 모든
사람들이 인간의 존엄성이 배제된 채 멸시와 비난을 받을 이유
가 없으며, 받아서도 안된다는 생각에서 이글을 쓴다.

우리는 지금 무슨 중죄라도 지은 것처럼 몰이해와 편견 속에서
비난과 고통을 함께 받고 있다. 또 당사자들도 자신들이 모두 그
런 잘못을 저지른 것처럼 고개를 들지 못하고 있다. 그러나 이는
옳지 못하다.

모든 사람에게는 행복추구권이 있다. 따라서 에이즈 바이러스
에 감염된 사람이든 감염되지 않은 사람이든, 함께 더불어 행복
하게 살아야 한다. 그러기 위해서 이제는 일반인과 당사자인 환
우 모두 에이즈에 대하여 옳지 못한, 편향된 인식을 바꿔야 한다.

나의 지금 기분은 마치 찬바람 부는 황량한 언덕에 남루한 차
림으로 홀로 서 있는 느낌이다.

나도 이제 커튼이 드리운 따뜻한 방 안에서 사랑하는 가족과
식탁에 둘러 앉아 오순도순 맛있는 저녁을 먹고 싶다.

2004년 가을에
김수진

차 례

이야기의 시작

2003년 12월 19일, 저녁밥을 먹으며 TV를 보던 나는 밥을 한 숟갈 떠 넣다가 순간적으로 동작이 멈추어졌다.

'오오 저런, 어쩌면 좋아! 저 일을 어떡해! 어린 생명들이 얼마나 고통스러웠을까? 그 차가운 강물 속에서…….'

TV 속 뉴스 앵커는 그날 낮, 카드 빚에 쪼들린 한 아버지가 6살과 5살 된 남매를 동작대교 위에서 차례로 한강에 던져 살해했다고 전했다.

나는 그 어린 것들이 생명의 마지막 끝에서 물에 숨이 막히면서 겪었을 공포와 고통이 내게 그대로 전해져 전율했다.

이 세상에 태어나 제대로 살아보지도 못하고 12월의 차가운 물속에 잠기어 간 어린 남매를 생각하니 그렇게 만든 아비라는 사람이 그렇게 미울 수가 없었다.

　분노와 흥분으로 떨던 나는 병치레 중에 있는 딸 홍희의 밥을 먹이는 둥 마는 둥 끝내고서 아직도 콩콩 뛰는 감정을 달래기 위해 무엇인가를 하지 않으면 아니 되었다.
　나는 컴퓨터 앞에 앉아 우리 가족의 병상일기를 열었다.
　병상일기!
　그렇다. 지난 1999년 9월부터 우리 가족은 죽음 앞에서 자유스럽지 못하다. 홍희를 비롯하여 우리 부부가 에이즈 바이러스감염인이라는 판정을 받은 것이다.
　생명은 하늘이 내린 고귀한 것이다. 그런데 우리 가족의 생명이 시나브로 부서져가는 모습을 보면서 어떻게 평온할 수 있겠는가! 그때부터 나는 생명의 문제를 두고 고통을 겪고 있다.

　'홍희야, 네가 가는 여정이 너무 힘들지 않았으면 좋겠다. 내 날마다 차곡차곡 쌓아 올린 정을 예쁘게 묶어 네게 주리니 지금 이 엄마의 아픈 마음을 헤아려 주렴.
　최홍희, 내 귀여운 딸아!
　너를 낳던 날, 너의 할머니께서 조금은 서운하셨던지 '요즘은 딸이 더 좋아야!'라고 하시던 날이 엊그제 같은데 벌써 6년이 지났구나. 우리 포기하지 말고 우리 모녀의 정을 쌓아가자꾸나. 모녀간의 인연을 만남이라고 표현하는 것이 이상하게 들릴지는 모르겠지만, 우리 함께 살아있는 동안을 만남이라고 생각하자. 그리고 우리에게는 남보다 빨리 헤어져야 할

날이 올지도 모르기에 미리 그 준비를 해 두자.'

나는 딸, 홍희에게 주는 글을 컴퓨터 자판기에 한 자 한 자, 또박또박 찍어 내려 갔다.

우리 가족은 남편과 나, 첫째인 딸 홍희와 둘째인 아들 진영, 그리고 홀로 되신 어머니까지 다섯 식구다. 그런데 어머니와 진영이를 제외한 나머지 세 사람이 모든 사람들이 두려워하는 에이즈, 즉 후천성면역결핍증에 걸려 있다. 보다 정확히 말하자면 감염 순서로 치면 딸 홍희가 제일 나중이었지만, 면역성이 제일 약했기 때문에 먼저 에이즈 환자가 되고 우리 부부는 아직 잠복기에 있다. 잠복기가 빨리 끝난 홍희의 병세 악화로 검진을 받는 과정에서 우리 부부의 감염 사실도 확인된 것이다. 그때부터 우리 가족은 빛의 반대편, 어두운 그림자 속에서 살고 있다.

나는 마음속으로는 늘 떠나고, 떠나보내는 연습을 한다. 그것은 에이즈를 치료하는 약이 개발될 때까지 계속해야 할 숙명이다.

그렇다고 날마다 불안하고 우울한 생활만을 하는 것은 아니다. 아니, 처음에는 얼마동안에는 그랬다. 그러나 지금은 우리 가족끼리 사랑의 눈빛과 따뜻한 가슴으로 서로를 감싸며 하루하루를 지킨다. 누군가를 미워하기에는 이미 늦었으며, 지쳐 있기 때문이기도 하다.

불가佛家에서는 너와 내가 없고, 가고 옴이 없으며, 생과 사가 없다고 한다. 인간의 영혼은 이 광활한 우주의 안에 어떤 형태로든 영원히 존재하는 것이기에 굳이 따질 일이 아니라는 이야기다.

정말 그럴까? 그렇다면 다행이다. 내가 홍희에게 진 빚을 언젠가는 갚을 날이 있을 것이기에.

어쩌면 사랑하는 내 딸 홍희는 나보다 먼저 세상을 떠날지도 모른다. 그것이 어차피 가야 할 정해진 길이라면 홍희가 떠난 자리를 이 어미가 깨끗하게 정리해주고 뒤따라가는 것이 그나마 다행이리라. 그러나 할 수만 있으면 홍희의 죽음만은 막고 싶다. 내가 할 수 있는 것, 가진 것 다 주더라도 할 수만, 할 수만 있다면 홍희의 생명만은 지키고 싶다. 중국의 고사에 나오듯 작은 곤충에 불과한 사마귀가 커다란 쇠수레바퀴를 멈추게 하듯 내 딸의 죽음만은 밀어내고 싶다.

요즘 홍희의 몸이 더욱 약해졌다. 조마조마하여 떠는 내 마음은 달을 가린 구름만 보아도 불안해진다. 어린 것이 삶의 끈을 놓지 않으려고 발버둥치는 모습을 보노라면 가슴이 미어진다. 그로 인해 일손을 놓을 때가 한두 번이 아니다.

에이즈 바이러스에 감염된 사실을 알게 된 후부터는 아침이면 살아 있음을 감사하며 옷을 입는다. 대단한 부자였으나 너무 오만하여 지옥으로 떨어져 영원히 굶주림의 고통을 받았다는 그리스 신화에 나오는 왕 탄타로스보다 더 심한 갈증을 느끼기도 한다.

때로는 삶이 싫어져서 달리는 자동차에라도 팍 뛰어들지 못하고 구차하게 아등바등하는 내 자신이 불쌍하게 느껴진다.
그런 때에는 피곤한 몸을 영원히 누이고 싶은 유혹에 시달린
다. 그러다가도 두 아이의 모습이 떠올라 다시금 생각을 바꾼
다.

"여보, 나 왔어!"
"아니 웬 일이세요. 일찍 들어올 때도 있고……."
"다시 나갔다 올까?"
"좋으실 대로……."
"……."
"정말이지 않구요. 맨날 늦으니 아직 저녁 준비가 되지 않았
어요. 그러니 밖에서 먹고 들어오는 것도 괜찮지요."
"이거, 저녁도 못 얻어먹을 처지잖아. 그건 그렇고, 홍희,
약은 잘 먹었어?"
"예, 당신보다 더 잘 먹어요. 어린 것이 살아야 한다는 집념
이 대단해요. 어떨 땐 홍희한테서 내가 오히려 배워요."
홍희 아빠는 에이즈 바이러스에 감염된 사실을 확인한 이후
직장을 옮겼다. 전에 다니던 백화점 마케팅팀에서 벗어나 한
동안 쉬다가 지금은 아파트 리모델링이나 주택 인테리어를 하
는 현장에서 일을 하고 있다. 그러기에 작업 후 으레 술을 한
잔씩 걸치거나 저녁밥을 먹고 들어오기 일쑤여서 내겐 차라리
편한 생활이 되었다.
흔히 병은 자랑하라고 한다지만 결코 자랑할 수 없는 병이

라는 데 우리 가족의 고민이 있다.

얼마 전, 어느 중학생이 죽은 어머니의 곁을 6개월 동안이나 지켰다는 보도가 있었다. 외아들인 그 학생은 사랑하는 어머니의 죽음을 인정할 수 없었던 것이다. 그래서 기어코 어머니의 영혼이라도 만나고 싶었을 것이다. 그토록 떼어내지 못하는 것이 사람의 정이다.

내 나이 서른 셋, 여자 나이 30이 넘으면 새도 돌아보지 않는다 했다. 여자로서 좋은 축제의 시간이 이미 지나가 버렸다. 그러나 나는 아직 축제가 끝나지 않았다고 항의의 깃발을 높이 세운다.

사랑의 문은 앞을 막고 뒤를 열어 놓는다고 했던가. 가끔 그 뒷문을 이용해 말썽을 일으키는 사람이 있어 문제가 되고 있다.

내 남편도 에이즈 바이러스란 놈에게 헐렁한 허리춤이 붙잡혀 우리 집을 슬픔의 늪 속에 가라앉힌 것이다. 나는 이제 그 몹쓸 에이즈 바이러스란 놈의 정체를 밝히어 온 천하에 고발하려고 한다.

나를 이토록 잠 못들게 하는 에이즈 바이러스는 지금도 불행의 검은 그림자를 조금씩 더 짙게, 그리고 더 넓히며 조금씩 다가오고 있다.

첫 사 랑

서광옥, 그는 나의 첫사랑이었다. 그는 나보다 두 살 위였다. 그러나 학교로 치면 1년 선배였다. 그는 나를 만나고 있으면서도 마음은 다른 곳에 있었다. 그 나이에 벌써 나와의 만남을 이용 가치로 따지고 있었던 것이다. 미처 단교를 선언할 기회도 못 찾았던 나는 한동안 배신의 늪에 빠져 허우적거렸다.

참으로 꿈 많은 여고 2학년의 여름이었다.

갑자기 나타난 그는 순진했던 내 마음속으로 알맹이 없이 껍데기만 들어왔다. 물론 처음에는 그런 사실을 몰랐다.

그는 같은 반 친구, 서윤자의 오빠였다. 그는 나와 같은 고향, 목포의 우리 옆 동네에 살았다. 그래서 등하교 길에 가끔 마주칠 때가 있었다. 그럴 때면 나는 공연히 얼굴이 상기되곤

했다. 그다지 밉상이 아닌 그는 학교 배구선수였다. 그만큼 키도 크고 몸집이 좋은 학생이었는데, 교복을 늘 단정히 입고 다녔다. 그런 그가 내게 조금씩 매력으로 다가왔다.

어느 날, 윤자가 내게 조그만 쪽지 하나를 전해 주었다. 나의 손에 쥐어진 그 쪽지는 직감으로 그 친구의 오빠 것임을 알 수 있었다. 나는 두근거리는 마음을 다독이며 얼른 내 방으로 들어와 열어 보았다.

코스모스

무슨 고민 있어서
가을 길목에 나와
천만 번 머리 흔들고도
풀지 못하는 사랑일까.
그 모습 안쓰러워
정다이 눈길 주면
금새 안겨 속삭일 듯
웃음 짓는 소녀야.

이게 시詩인가, 노래 가사인가, 아니면 연애편지인가? 무얼 어쩌자는 것인가? 답신을 주라는 것인가, 말라는 것인가? 종 잡을 수 없어 가슴만 설레며 며칠을 그냥 보냈다.

곰곰이 생각해 보니 무어라 답을 쓰긴 써야 할 것 같았다.

암호문처럼 알 듯 모를 듯한 글이 마치 무지개잡기놀이 같았
지만 그래도 답은 해야 할 것 같았다. 드디어 나에게도 사랑
의 문이 열리게 되는 것일까? 설레는 마음으로 답장을 썼다.

백합화

보이나요.
미동도 않는 바람에
떨리는 입술이 보이나요.
들리나요.
달빛에 젖은 입술
미치도록 노래하는,
그저 그렇게
노래하는
백합화.

내가 답장이라고 쓴 글 역시 아리송하기로하면 피장파장이
었다. 지금 다시 읽어보면 그렇다. 그러나 그때는 퍽이나 잘
쓴 걸로 생각했다. 하여튼 이를 계기로 우리는 은밀한 만남을
갖기 시작했다. 친구, 윤자의 도움 없이도 일정한 날, 일정한
시간에 만났다. 이를테면, 화요일과 목요일 밤 7시에는 시외
버스 터미널 앞 삼거리에서 만나고, 토요일 오후 4시에는 영
산강 하구둑 수문이 있는 곳에서 만나는 식이었다.

　달 밝은 밤이면 서로 손을 잡고 세상은 우리를 위해 주어진 것이라고 속삭였다. 별빛이 반짝이는 밤이면 이슬 내린 들길을 걸으며 추억의 날줄과 씨줄을 결 곱게 짰다.

　그렇게 가을이 갔다. 그리고 첫눈이 내리던 날, 나는 부끄럽고 떨리는 마음으로, 그러나 갑작스럽게 첫 입맞춤을 가졌다. 사실 그때까지 우리는 많은 밤을 늦게까지 함께 있었으면서도 손길을 통하여 서로의 체온을 느꼈을 뿐, 더 이상의 발전은 없었다. 마치 앙드레 지드의 《좁은 문》에서 제롬과 알리사가 그랬던 것처럼.

　그날은 학교가 파할 무렵부터 하얀 눈송이가 하나 둘 떨어지더니 집으로 돌아갈 때 쯤에는 제법 굵어져, 하얗고 작은 나비가 떼지어 날아오는 것 같았다. 나는 수업이 끝나자마자 서광옥과 첫눈이 오면 만나기로 약속했던 둘만의 밀회 장소로 달려갔다.

　내가 도착했을 때 그는 먼저 와 있었다. 그리고 숨가쁘게 뛰어온 나를 보자마자 그는 미리 계획했던 것처럼 다짜고짜 끌어안고 입맞춤을 했다. 전혀 무방비였던 나는 엉겁결에 그렇게 처음으로 입술을 빼앗겼다. 그러나 이상하게 억울하거나 슬픈 느낌은 들지 않았다. 그리고 보면 나도 모르게 내 마음 속 깊은 곳에서 그를 기다리고 있었고, 준비했었던 것 같았다.

　그게 사랑이었을까? 그게 그렇게도 가슴 두근거리게 하던 첫사랑이었을까? 두렵거나 싫지는 않았어도 갑작스런 입맞춤은 왜 그리 쑥스럽고 어색했던지…….

　이렇듯 갑자기 다가왔던 서광옥은 이듬해 8월, 하얗게 피어 오르던 뭉게구름이 검은 소나기구름이 되어 흩어지듯 홀연히 멀어져 갔다. 잘못은 내게 있었다. 아니다. 돈이 문제였다.

　내가 고3이 되던 그 다음해 봄, 서울의 중앙대학교에 들어 갔다던 그는 땡볕이 시작되던 7월, 느닷없이 찾아와 방세가 모자라 내려왔다며 나에게 도움을 청했다. 그가 요구한 금액 은 내게는 벅찬 큰돈이었다. 여고생에게 그만한 목돈이 있을 리 없다는 것을 잘 알 텐데 얼마나 급했으면 그럴까 하는 생 각이 들었다. 나는 내 입장을 생각해보기도 전에 그를 도와야 한다는 의협심과 용기로 범벅이 되었다.

　우리 집은 선대로부터 괜찮게 사는 편이어서 나의 씀씀이도 그렇게 궁색스럽지는 않았다. 그러나 내 용돈만으로는 턱없이 모자라 가족 여러 사람에게 이리저리 둘러대며 끌어 모아 그 의 요구를 들어주었다. 그리고 나서 나는 내가 그를 위하여 무언가 해주었음에 기뻐했다.

　그러나 그 후 그는 소식이 없었다.

　후에 알고 보니 그는 대학에 들어간 게 아니었다. 서울에서 떠돌며 어려운 시골집의 돈만 축내다가 한 학기가 끝나 그러 한 생활이 발각될 것 같아지자 자원하여 군에 들어간 후 소식 을 완전히 끊었던 것이다.

　그렇게 나의 첫사랑은 어이없는 거래로 끝이 났다. 그 후 한동안 나는 그의 배신에 잠을 못 이루고 괴로워했다. 어쩌면 모든 남자들이 믿을 수 없는 존재일지 모른다는 뼈아픈 체험을 얻은 것이 실연의 수확이었다.

나는 지금도 이따금 그때 그 감미로운 첫사랑의 부스러기들을 남몰래 꺼내보며 쓰게 웃곤 한다. 이성 간의 접촉은 무엇인가 하나씩 터득해 가는 지혜와 두려움의 두 곡선이라는 배움을 그때 얻었다. 누가 사랑은 고뇌의 대명사라고 했던가. 세상에 눈물 없는 사랑은 없다는 것도 알게 되었다.

그런 일을 일찍이 겪었던 나는 여고 졸업 후, 수년이 지나도록 남자 사귀기를 기피했다. 나의 기억 맨 아래에 도사린 첫사랑의 그림자를 밀어내기까지는 상당한 시간이 필요했다. 목숨이 하나뿐인 것처럼 사랑도 하나뿐이라고 믿었던 때문이었다.

사랑은 오래 참고 온유하며 용서하고……, 정말 그럴까? 그 어리둥절하고 막막하기 만한 공간에서 내 자리를 찾기까지는 참으로 힘이 들었다. 후회의 눈물을 벽에 뿌려 그 벽을 허물고, 분노를 묻기까지는 수년이 걸렸다.

그토록 아픈 시공時空을 빠져나오기도 전에 다시 해가 바뀌어 졸업 시즌을 맞이했다. 나는 그 미완성의 첫사랑 충격에 공부도 놓쳐 일찍 진학을 포기해 버렸다.

방황의 여고 시절을 막상 끝내려 하니 허망함이 가슴을 짓눌렀다. 더욱이 내 마음이 흔들릴 때마다 위로와 버팀목이 되어주던 단짝 이강희와의 이별이 무엇보다 슬펐다. 강희와는 이별 없는 삶을 만들자고 다짐했었건만 그것은 앞날을 내다보지 못한 짧은 생각이었고, 이별은 무섭게 왔다. 나는 아쉬움에 울었다.

그러나 다정은 병이었다. 강희와 우정의 끈에 감기어 있던 나는 다시금 시련의 시험에 들었다.

강희의 등록금이 문제였다. 강희네 집은 너무 가난했다. 대학 신학기 등록 마감일이 임박한 어느 날, 그녀가 힘없는 걸음으로 찾아왔다. 그녀는 전남대학교 국문과에 합격했으나 등록금을 마련하지 못해 입학이 취소될 형편에 놓여 있다고 사정을 털어 놓았다. 나는 고개 숙인 친구를 외면할 수 없었다. 그래서 내가 혹시 진학하게 될 경우에 대비하여 준비해 두었던 등록금을 아버지 몰래 몽땅 그녀에게 주었다.

그것은 대학을 가지 못한 나에게 작은 위로가 되었다. 남을 돕는 것이 기쁨이 된다는 것을 한 번 더 몸으로 느꼈다. 그때 나의 머릿속에서 서광옥 사건은 지워진 지 오래였다.

"꼭 갚아 줄께."

"무슨 소리야, 우리 사이에⋯⋯."

"아니야, 빚은 갚아야지."

"기름종이에 적어 둘까?"

"그러렴."

"강희야. 우리 살면서 서로 돕기로 하자. 언제나 위에 있는 사람이 기우는 쪽을 돕는 거야. 약속해!"

"그래, 그럴께! 고맙다. 수진아!"

그렇다. 인간이 동물과 다른 점은 심정의 끈을 맺을 줄 아는 데 있다. 그 심정의 끈이 우리를 하나 되게 하는 울타리요, 둥지요, 가정이요, 고향이 아니던가.

고등학교 때 아침 조회시간에 교장 선생님께서 말씀하셨다. 살면서 선한 공적을 쌓으려면 늘 손해보는 삶을 살라고. 선한 공적을 많이 쌓으면 당대가 아니면 후손이라도 반드시 잘살게 된다고.

1991년도의 4월은 강희의 성공을 비는 연둣빛으로 물들어갔다.

새 로 운 만 남

   나는 여고 졸업 후 진학 문제로 아버지로부터 호된 꾸중을 들었다. 남들은 가정형편이 넉넉지 못한데도 기를 쓰고 더 공부를 하려고 하는데, 너는 어찌 돼서 진학하라고 밀어주어도 하지 않느냐는 것이 꾸중의 요지였다. 나는 얼굴을 들 수가 없었다. 무릎을 꿇고 긴 설교를 들은 후, 다음해에 진학할 것을 약속으로 겨우 풍파를 잠재울 수 있었다.

   나는 열아홉 갈래머리를 잘라내고서 봄 한철을 피둥피둥 놀기만 했다. 그러다가 여름이 되면서 친구 언니의 소개로 광주에서 제일 큰 백화점의 의류점 판매원으로 일하게 되었다. 나는 집에서 출퇴근을 할 수가 없어 광주 시내에 작은 방을 사글세로 얻어 자취를 시작했다. 자취방 주인 할머니는 원칙주의자로 깐깐했지만 깊은 정도 많으셨다. 날보고는 얌전하고

곱게 자라 이다음 자기집 사람이 되라고 하시며 귀여워 해주
셨다.

옷가게의 판매원 노릇은 외향적인 내 적성에 맞았고, 우선
더운 여름을 에어컨 아래에서 시원하게 보낼 수 있어서 좋았
다. 나의 열성은 사장의 신임을 얻기에 충분했고 고객들도 좋
아했다.

정말이지 한 눈 팔지 않았다. 많은 사람을 만나 대화하고
웃으면서도 판매원으로서 매상을 올리는데 최선을 다했다. 이
성 간의 교제는 자라보고 놀란 가슴 그대로였다. 연애란 한
번으로 충분하다고 생각했기에 그 누구도 거들떠보지 않았다.

그렇게 2년이란 시간이 훌쩍 흘러가버렸다. 아버지와 약속
했던 대학진학 문제는 내가 직장생활을 충실히 함으로 해서
특별한 마찰없이 그냥 넘어갔다.

이따금 고등학교 때의 친구들이 생각났다. 어쩌다 백화점
매장에서 만나는 친구들도 있었다. 그때마다 나는 조금도 쑥
스러워하거나 위축되지 않고 당당하게 만났다. 친구들도 그런
나를 좋아해 주었다.

강희는 지척에 있어 마음만 먹으면 언제든지 만날 수 있었
지만 내쪽에서 참았다. 서로가 가는 길이 다르다는 생각 때문
이었다. 솔직히 얄팍한 나의 자존심도 작용했다. 늘 서로 도
우며 살자 약속했었지만 그게 그렇게 쉽지 않았다. 그래서 마
음 한구석에는 늘 강희를 계속 돕지 못함이 미안함으로 남아
있었다. 나는 얼마간의 월급을 받고 있었지만, 월급을 받으면

내 방세와 의류비와 화장품비로 대부분 쓰고, 나머지는 어머니께 드렸다. 두 번씩이나 목돈을 가져온 나로서는 그리하지 않을 수 없었다.

강희는 가정 형편으로 보아 학업이 순탄치는 않았을 것이었다. 나의 수입 반에 반만이라도 준다면……. 그러나 그것은 마음뿐이었다. 나는 친구 강희의 앞길이 평탄하기를 바라는 기원으로 내 자신을 위로했다.

나는 휴일이면 가끔 혼자서 바다로 나갔다. 버스를 타고 조금만 나가면 압해도라는 곳이 나오고, 그곳에는 학교라는 재미있는 지명을 가진 곳이 있었다.

나는 이름없는 조용한 곳이 좋았다. 그곳 바닷가 모래밭 가운데의 바위 위에 앉아 쉼없이 밀려오고, 흔적없이 부서지는 파도를 보곤했다.

지구가 만들어질 때부터 있었을 바다. 그 바다가 생기면서부터 일기 시작했을 파도…….

그런 생각을 하면 나는 마치 남들은 모르는 비밀이라도 발견한 듯 재미있었다.

바닷가에는 흥미로운 것들이 많았다. 모래가 없는 둑 아래 개펄에는 짱뚱어가 많았다. 녀석은 여느 물고기와 다르게 진흙벌 위에서 폴짝폴짝 뛰면서 놀았다. 머리에 툭 삐어져 나온 눈은 아랫눈시울이 잘 발달되어 있어 감았다 떴다 하는 모양이 무척 우스웠다. 밀물 때면 잘피라는 해초도 떠밀려 왔다. 그러나 그 때는 그 기다란 해초의 이름이 잘피라는 것을 몰랐다. 얼마 전에 우연히 TV에서 그것이 바닷물을 정화시켜주고 어린 물고기의 놀이터가 되어주는 잘피라는 것을 알게 되었다.

바다는 내게 또 하나의 친구였다. 지금 이 글을 쓰는 이 순간, 해무가 자욱하게 깔리고 갈매기 끼룩끼룩 우는 그 바다의 정경이 눈에 선하다. 아, 다시 한 번 그곳에 가고 싶다. 그리운 바다!

그렇게 시간은 덧없이 흘렀다.

1995년 봄. 내 나이 스물셋, 그간 꼭꼭 닫아 두었던 내 가슴을 기어이 열어보고 싶어하는 호기심 많은 한 남자가 내 앞에 나타났다. 백화점의 점멸하는 샹들리에 등불 아래 나는 어언 성숙한 숙녀가 되어 있었다.

마케팅 전략팀에서 근무하는 최영도崔榮道라는 사람이 엘리베이터 앞에서 나와 우연히 부딪친 일을 핑계로 자꾸만 접근해왔다. 나는 당근과 닭살을 번갈아 내놓았지만, 그는 막무가내였다. 그의 다정한 미소가 나에게 믿음으로 다가서기를 수회, 흔들리는 나 자신을 확인하기도 전에 그는 너무 가까이 와 있었다.

"수진 씨, 오늘은 수진 씨 가족에 대해서 말해 줘요."
"왜요?"
"우리의 미래를 설계하려구요."
"……."

“적을 잘 알아야 전쟁에서 성공할 거 아닙니까?”

“영도 씨, 군대 소집영장 나왔어요?”

나는 딴지를 걸었다.

“네? 무슨 이야기죠? 나 제대한 지가 언젠데요.”

“호호호!”

여자가 행복한 것은 여자 특유의 애교를 통해서 억센 남자를 길들일 수 있기 때문이다. 그러기에 여자는 남성을 완전케 할 수도 있고 전복시킬 수도 있다. 그런데 우리의 경우는 그가 나를 길들이고 있었다. 마케팅 전략팀에서 받은 교육의 힘이었을까.

그러나 그렇게 조금씩 가까워지는 우리 사이에 그의 큰누나가 끼어들었다. 당시 영도 씨도 나처럼 자취생활을 하고 있었다. 그래서 그의 큰누나가 이따금씩 세탁이며 찬거리를 만들어 주기 위해서 찾아왔다. 나는 영도 씨의 강요에 못 이겨 인사를 드렸더니 그녀는 우리 두 사람 사이에 철조망을 치려고 했다. 이유는 엉뚱하게도 나의 첫인상에 관한 것이었다. 내가 몸이 약하고 너무 예민해 보인다고 했다.

그녀가 설치는 바람에 우리들 사이에 조금씩 냉기류가 흘렀다.

나도 여자이기는 하지만 설치는 여자, 결코 좋아 할 수가 없었다. 그녀의 훼방에 속상해 하기를 여러 번, 나는 결단을 내려야 했다.

중국의 천지창조 신화를 보면 부서진 하늘을 여와女媧 라는 여신이 기웠다고 한다. 여와든, 항아든, 현실을 헤쳐 나가려면 강해질 필요도 있는 법, 쇠는 두들길수록 강해진다는 것을 직장생활을 하면서 터득한 나였다.

나는 처음에는 다소곳이 고분고분했으나 그녀가 계속 굽히지 않기에 막바지에는 사람을 겉만 보고 판단하지 말라고 맞섰다. 나의 잘못도 아닌, 단지 결코 정확하지도 않은, 선입견 하나만으로 몰아세우는 그녀에게서 그냥 물러나기엔 너무 억울했다. 영도 씨가 나서서 해결해주길 바랐지만 어찌된 일인지 그는 내 앞에서와는 달리 누나들 앞에서는 나약하기만 했다.

어차피 여자의 일생은 강아지로 시작해서 여우가 되고, 그 다음은 호랑이로 변모한다고 했다. 최영도 씨 아니면 시집 못 갈 내가 아니라는 배짱으로 밀고 나갔다.

그렇게 티격태격하던 어느 날, 점심시간이 되어 지하 식당에서 평소 즐겨 먹던 생태찌개를 시켜 먹고 있는데 영도 씨가 나타났다. 다가선 그의 엷은 미소의 의미를 알 것도 같았지만, 무시하고서 묵묵히 점심만 먹었다.

"같이 먹어요."

"그러세요!"

퉁명스런 나의 대꾸에도 아랑곳하지 않고 그는 내 앞에 다가앉았다. 여전한 그의 미소가 싫지는 않았지만, 한편으론 밉기도 했다.

"미워하지 말아요. 날 미워하면 수진 씨의 가슴도 아플 테니까."

"오해하지 말아요. 난 영도 씨 미워한 적 없어요. 미워할 사람이 따로 있지……. 그리고 미워한다고 해도 내 가슴은 아무 일 없어요."

"알아. 우리 누나가 싫지?"

"왜 반말이세요? 소화되지 않게!"

"오! 무서워라, 오늘은 앞발 들겠습니다."

"앞발뿐이겠어요. 꼬리도 내려야지."

"네네, 갈기가 보이네요."

"음식이나 시키세요!"

"알겠습니다. 중전께서 시키라면 시켜야죠."

"중전 좋아하시네. 불독을 모르시고……."

"아이쿠야, 이 소용돌이를 언제쯤 벗어날 수 있을꼬!"

"알긴 잘 아시네요. 나만 빠져나갈 테니, 자기는 거기에 한 3년만 갇혀 있으세요."

"아니, 그러는 아가씨는 누구요?"

"누구냐구요? 지금은 암고양이입니다."

"지금은 암고양이라, 그러면……."

"다음엔 살쾡이, 그 다음엔 호랑이……."

"아이구야, 지금 도망가야겠네."

이렇듯 우리들의 대화는 반쯤 꼬여 있었다.

이윽고 그가 주문한 콩나물 비빔밥이 나왔다. 식사를 나보다 늦게 시작한 그는 마치 걸신들린 것 같았다. 그가 서두르는 품이 나와 같이 식사를 끝내려는 것 같았다. 나는 그가 밉기는 했지만 속도를 조절해 주기 위해 다시 말을 걸었다.

"몬도가네가 따로 없네요."

"……."

"역시 수준을 알겠다니까."

"또 시빕니까? 그만하세요, 아가씨. 살풀이도 심하면 몸살합니다."

"독감이 심하면 폐렴, 폐렴이 심하면 사망, 뭐 그런 거 아니겠어요?"

"진양조로 나가자는 겁니까?"

"이제야 알아듣네요. 천천히 드세요."

"알겠습니다. 휘몰이로 끝내려고 했더니만……."

"그건 그렇고, 영도 씨가 종가 장손이 맞기는 맞나요?"

"물론입죠, 마마님."

"그렇다면 자기 주장이 분명해야 될 게 아닌가요?"

"왜, 나만의 톤, 나만의 음색을 내라구요?"

"알았으면 곧장 시행에 옮기세요, 언제까지 큰누나한테 끌려 다니기만 할 거예요?"

"뭐가 그리 급해요? 그렇게도 시집이 오고 싶어요?"

"시집가는 게 문제가 아니라 영도 씨가 남자답지 못한 것 같아 화가 나서 그래요. 샌님!"

"뭐 샌님! 뜸베질을 해버릴까부다."

"뜸베질이 뭐지요?"

“소가 뿔로 아무 물건이나 쳐받는 짓.”

“지금 그런 식으로 내 이야기의 핵심을 피하려고 하지 말아
요. 나는 지금 심각하단 말예요.”

“……..”

“내가 영도 씨를 믿고 따를 수 있게 해줘요. 무작정 시간만
보내지 말고 가부의 결단을 내려 달라는 말예요!”

“오, 무서워라. 알았어요. 큰누나는 내게 맡겨요. 내가 잘
이야기 할 테니…….”

“진즉 알아서 그렇게 하지 않고 꼭 채근을 받아야만 해요?”

“알았다니까. 다른 이야기 합시다.”

이렇게 해서 나는 어렵게 그를 앞에 세웠다.

이렇게 안개를 걷어내자 밀물에 모래가 쌓이듯 우리의 사랑
도 쌓여 갔다. 그러나 걱정이 완전히 해소된 것은 아니었다.
대화 속에는 항상 슬그머니 큰누나가 등장했다. 이번에는 우
리들의 궁합이 맞지 않는다고 다시금 사람을 피곤하게 했다.

그래도 안심이 되는 것은 영도 씨 어머니의 나에 대한 믿음
이었다. 그의 어머니는 큰누나의 수다에 흔들리지 않았다. 또
둘째 누나도 영도 씨 편이어서 대세는 우리 편으로 기울고 있
었다. 우세승이 확실했기에 영도 씨는 누나와 정면으로 부딪
치지 않았다. 누나 한 사람의 반대는 괜찮다는 태도였다.

“수진 씨, 오늘은 갑자기 수진 씨가 보고싶더라구요. 그래서
오전에 3층 매장을 한 바퀴 돌아다녔다는 거 아닙니까.”

"이 여우가 그렇게 보고 싶으셨어요?"

"여우라니요, 쌩콩이지요."

"갑자기 쌩콩은 또 뭐예요?"

"큰누나 심통 때문에 그동안 나만 보면 쌩콩쌩콩 했잖아요?"

"그렇담 자기는 그런 누나 동생이니 쌤통이게요?"

"쌤통이라……."

"그래요. 심통이 심하면 쌤통 되는 거 아녀요? 심통 동생 쌤통."

"쌤통이 더 심하면?"

"먹통."

"아이쿠야, 심하다. 쌩콩! 오늘은 이 정도로 휴전합시다."

"오케이, 쌤통!"

우리들의 하루하루는 유쾌했다. 비온 뒤 땅은 더욱 다져진다고 했다. 모래밭에 구운 밤 닷 되를 심어 싹이 난대도 우리와는 관계없는 일이었다. 불지 않는 바람 어디 있으며, 흔들리지 않는 물결 어디 있으랴. 하늘거리는 꽃잎이 더 아름답지 않던가.

우리는 우리의 미래를 향해 굳게 나아가자고 약속했다. 우리의 결속보다 강한 것은 세상에 없어 보였다.

즐거운 시간

축복의 계절이 오고 있었다. 모든 일이 잘 되어 갈 것만 같은 1996년의 봄이었다.

고향에 있는 둘째 동생 혜진이의 발전이 눈부셨다. 학교 성적이 늘 상위권이던 혜진이가 서울대학에 들어갔다.

다행한 일이었다. 내가 못다 한 몫까지 혜진이가 해준다면 더 이상 바랄 것이 없었다. 온 가족의 관심이 혜진이에게 쏠릴수록 나는 자유스러웠다. 하긴 부모님들에게는 진작에 잊혀진 시선 밖의 나였다. 크게 속 썩이지 않는 것만으로도 다행일지 몰랐다. 나는 집안에 큰 걱정 끼치지 않고 나의 길을 잘 가고 있었다.

그간 영도 씨와의 혼담이 무르익어 분 바르고 시집만 가면 그만이었다. 막상 결혼식을 하게 된다하니까 친구들과 여행이라도 좀 다닐 것을 하는 후회가 들기도 했다. 그러나 그것은 복에 겨운 투정이었다.

그런 내 마음이 전달되었던지 그 봄에 강희가 찾아왔다. 우리는 백화점 매장에서 모처럼 많은 이야기를 나누었다. 강희는 나에게 몇 번이나 그간의 고마움을 전하지 못했다며 미안해했다.

"미안해, 내가 조금만 더 부지런했으면 진작 너를 찾을 수도 있었는데 이제 왔어. 미안해!"

"우리 사이에 무슨 일이 있었다고 그러니? 다신 그런 소리 하지 마라, 얘!"

"아니야, 혜진이한테서 들었는데, 그때 내 등록금 일로 넌 아빠한테 많이 혼났었다며? 미안해."

"미안해 미안해, 듣기 싫어! 그리고 그 때문이 아니야. 내가 너무 쉽게 공부하는 것을 포기했기 때문에 혼난 거야. 재미없다. 우리 다른 이야기하자."

"널 자주 만나게 되면 또 신세를 질 것 같아 보고 싶어도 꾹꾹 참았어. 얼마나 보고 싶었는데……."

"눈물난다, 얘! 오히려 내가 고맙다 해야 되겠구나."

"수진아!"

갑자기 강희가 눈물을 보였다. 나의 손을 잡은 강희의 손이 떨렸다. 떨리는 그녀의 손은 너무도 따뜻했다. 우리는 함께 안고서 울어 버렸다. 그간의 쌓인 정과 반가움, 고마움과 미안함이 범벅이 되어 눈물로 흘렀다. 그때 점주 박 사장이 끼어들었다.

"허참, 이상하네. 채권자와 채무자의 만남 같은데 함께 울다니, 사건일세, 사건이야!"

"사장님, 죄송합니다."

"죄송하긴……. 내가 도움이 될 만한 일은 없을까?"

나는 가라앉은 분위기를 띄우기 위해서 애써 쾌활하게 말했다.

"있어요. 얘 짝을 찾아주면 좋겠네요. 이번에 대학 졸업했어요."

"그래? 그렇담 어디 한번 알아볼까?"

"진짜루요? 되기만 하면 제가 술 석 잔 사 드릴게요."

그때 강희가 손사래를 쳤다. 그땐 그게 무슨 의미인 줄을 몰랐다. 시집을 안 가겠다는 것인지, 아니면 사귀는 사람이 있다는 것인지. 그러나 더 이상 캐묻지 않았다.

박 사장은 우리들을 위해 나의 퇴근시간을 3시간이나 앞당겨 주었다. 그래서 모처럼 만난 강희와 더 오래 즐거울 수 있었다. 이것저것 맛있는 것들을 사 먹으며 많은 이야기를 나누었다.

"강희야 미안해!"

"무얼?"

"생각해 보니 미안하다. 4년 동안 어려움이 많았을 터인데, 내가 너무 무심했던 것 같애."

"무슨 소리야. 그동안 편히 학교만 다녔던 내가 더 행복했잖니."

"잊었니? 우리 함께 나누며 살자고 했던 거."

"고통도?"

"그래, 고통도……."

우리는 다시금 손을 잡고서 서로의 얼굴을 쳐다보았다.

친구란 무엇일까? 아낌없이 주는 나무일까?

모처럼 만난 반가움에 우리들의 이야기는 길어졌고, 젊음은 시간의 흐름을 감지하지 못했다. 다시는 헤어지지 않을 것처럼 우리는 하나가 되었고, 즐거움이 겹겹으로 쌓여 시간을 멈추게 했다. 우리는 마냥 즐거웠다. 더 이상 아픈 언어를 찾을 필요가 없었다.

"강희야, 우리 만나서 이렇게 좋은데 시집가면 떨어져 살 수 있을까?"

"서로 가까운데로 시집을 가면 되지. 그건 그렇고, 수진아, 또 미안해!"

"무얼?"

"너보다 내가 먼저 시집갈지도 몰라."

"그래? 우리 사장님, 네 신랑감 고르느라 고심하고 있을 텐데……?"

"사실은 약혼까지 했어. 그걸 이야기하려고 겸사겸사 너를 찾아온 거야."

"그래? 기집애. 축하한다. 결혼식은 언제 가질 거니?"

"이번 가을에."

"아이구, 속전속결이네. 좋겠다. 시집가는 강희는 좋겠다."

"얘는."

"그래, 고운 임은 어디 사람인데?"

"전라북도 김제 사람인데, 키가 조그마 해."

"키가 작으면 어때, 코만 크면 되는 거지."

"우리 학과 주임교수 동생인데, 사업을 한대."

"우와, 훗날 재벌 회장 마나님 되시면 만나기 더욱 어렵겠네."

"그러면 가지 말까?"

"무슨 말씀, 가야지 잉! 나도 곧 갈 테니까."

"에게, 지도 짝꿍 있었구나?"

"그러엄! 처녀귀신은 싫다, 얘!"

"어디 사람?"

"전라북도보다 더 위쪽 사람."

"그럼 충남?"

"공주 촌놈이래."

"장래 서방님한테 촌놈이 뭐야!"

"없는 데선 대통령도 욕할 수 있는 거지 뭐!"

"호호호."

"해해해."

강희의 고운 모습을 눈여겨보았던 교수가 자기 동생과 맺어주려고 별렀던 모양이다. 하기야 강희의 순결한 모습과 고운 마음씨는 누구라도 정이 들게 했을 것이다.

'그러면 그렇지, 내 친구인데.' 나의 입에서는 나도 모르게 강희에게 대한 칭찬이 흘러 나왔다.

친구와 헤어져 숙소에 돌아와서도 나는 흥분이 가라앉지 않았다. '잘살아라, 내 친구!'

무릇 남녀의 만남은 축복으로 이어져야 한다. 인간사 모두가 만남의 연속일진대, 가끔은 훼방을 놓는 마귀가 있어 힘든 세상이 되기도 한다.

우리의 주변에는 세상사를 일단은 부정하고 비판하는 것이 버릇이 되어버린 사람들이 있다. 영도 씨의 큰누나가 바로 그런 분이 아닌가 싶어 겁이 나기도 했다.

며칠 후, 영도 씨로부터 전화가 왔다. 나는 우리도 서서히 미래를 설계할 때가 왔다고 생각했다. 행복과 평화라는 두 날개를 달고서 날기 위해서는 정밀한 설계와 투자가 있어야 한다. 그리고 서로를 위해 진심으로 사랑할 수 있어야 한다.

그간 솥뚜껑만 보아도 질겁을 했던 나였지만, 이제는 미래를 위해 누군가를 사랑해야 했다. 인륜과 천륜을 벗어나 살 수 없는 것이라면 접을 건 접고 펼 건 펼 줄 알아야 하리라.

결혼에서는 정말로 마음이 따뜻한 사람을 만나야 한다. 자상하고 다정다감한 사람이면 얼마나 좋으랴. 나는 영도 씨에게서 장미같은 진한 사랑을 기대하기로 했다.

"영도 씨, 이젠 결단을 내리세요. 누나 한 사람 때문에 아까운 시간을 낭비할 수는 없잖아요?"

"글쎄 그게 말야……"

"그게 어쨌다는 거예요? 기회는 준비하고 기다리는 자에게 오는 것이 아니라 신념을 갖고 문을 여는 자에게 오는 거예요. 남자가 뭐 그래요!"

"오늘은 쌩콩 씨 곁에 가까이 있다간 큰일나겠구만."

"왜 겁나요?"

"뭐 겁난다기 보다도……."

"얼렁뚱땅 하지 말아요."

"중전께서 오늘은 왜 이러실까?"

"말로만 중전! 중전! 하지 말고 순결무구한 옥녀를 빨리 데려다가 진짜 중전자리에 앉혀 달라구요!"

"왜 이러실까. 바람난 옥녀로구만."

"뭐요? 자꾸 그러면 나 쌤통 씨에게 시집 안 갈 거야!"

"그럼 대타를 찾지 뭐."

"알고 보니 순 바람둥이 마마보이로구먼."

"어허! 난 라스트 댄스만은 그대와 함께 하려고 벼르고 있는 중인데……."

"오라, 그래요? 믿어도 되지요?"

"믿어요. 이 아가씨야!"

우리들의 사랑은 그렇게 무르익어 갔다. 삶이 기쁘고 만남이 즐거운 젊은 날이었다.

그 무엇도 무서울 게 없었던 우리들은 그해 9월, 드디어 결혼식을 올렸다. 사실은 그즈음 나의 뱃속에서 이상이 감지되었기 때문에 결혼식을 서둘러야 했다. 그러니까 그해 여름.

본격적인 더위가 시작되기도 전에 바닷가로 놀러갔던 우리는 마음뿐만이 아니라 몸으로도 결혼을 약속했었다.

결혼식은 광주에서 가졌다.

결혼식에는 많은 친척들이 참석하여 우리의 앞날을 축복해 주었다. 특히 어렸을 적 나를 귀여워 해주던 이모 내외분도 오셨다. 이모부는 번쩍이는 대령 계급장을 달고 군용 지프를 타고 와 친척들의 시선을 모으기도 했다.

폐백이 끝나자 우리는 축복의 노래를 뒤로 하고 서둘러 공항으로 나가 제주행 비행기를 탔다. 최영도라는 나의 반쪽과 완전한 하나가 되기 위해서였다. 그의 나이 28세, 내 나이 24세에 꽃가마가 아닌 꽃구름 속을 날았다.

기내에는 신혼으로 보이는 여러 쌍의 신혼 남녀들이 마냥 행복한 웃음소리를 쏟아 내고 있었다. 나도 비록 뛰어난 미녀는 아니지만, 저들에게 조금도 뒤지지 않는다는 자신감으로 미남자 영도 씨의 손을 꼬옥 잡았다. 그이도 다정한 미소를 지어 주었다.

"소천所天께서 등극하신 기분이 어떠신지요?"

"소천이 뭐야?"

"아이고, 형광등이셔. 나의 서방님이라는 뜻이래요."

"그래? 등극한 소감을 말하자면 사막에서 다이아몬드 주운 기분이군!"

"이제야 머리가 제대로 회전하기 시작하네요."

우리는 기창機窓 아래로 보이는 바다를 내려다보았다.

구름 사이로 언뜻언뜻 스쳐 보이는 바다는 파랗다 못해 검푸르렀다. 하늘에서 보는 세계는 모두 아름다웠다. 마치 토라져 떨어져 앉은 듯한 군데군데의 섬들과 천천히 움직이는 배들. 그리고 강렬한 햇빛을 받아 설산처럼 빛나는 구름. 비행기를 처음 타는 나로서는 하나같이 모두 신비로웠다.

금방 제주공항에 도착한 우리는 숙소인 P호텔에 여장을 풀었다. 그 사이에 시간이 많이 지나 조금만 있으면 황홀한 밤바다가 펼쳐질 준비를 하고 있었다. 우리의 이벤트, 신혼여행의 첫날밤이 설렘 속에서 기다려졌다. 우리는 이미 아기까지 가진 후여서 완전한 처녀 총각은 아니었다. 그래서 차라리 평온할 수 있었다.

나는 영도 씨의 커다란 눈동자 속에 나의 영원한 천국이 펼쳐지기를 소원했다.

인간이 동물과 다른 점은 꽃을 꽃으로 본다는 것일 것이다. 아름다운 대자연의 생성과 소멸은 어차피 나의 힘으로 좌우되는 일이 아니다. 그러나 자기가 만들지 않은 인생은 없다는 서양의 격언대로 내게 주어진 내 인생만을 굳세게 살아보리라는 마음으로 그이에게 다가갔다.

"여보야, 오늘 신부 예뻤어?"

"쑥스럽구만."

"쑥스럽긴……. 예쁜 신부 만났으면 기분이 좋아야죠."

"참으로 미묘한 밤이네."

"왜? 새신랑 마음이 무거운가 봐!"

"글쎄, 그렇게 보이나?"

"설마 짐 하나 늘었다고 벌써부터 끌고 갈 수레 걱정하는
건 아니죠?"

"……."

"오늘은 일생에 단 한번뿐인 우리들의 날이에요. 우리 기쁜
마음으로 건배해요."

"오우케이! 우리의 미래를 위하여 건배!"

우리는 호텔 객실에서 오붓한 시간을 가졌다.

"아줌마!"

"아줌마라니? 그럼 자기는 아저씬가?"

"그렇지. 아저씨지. 괜찮아, 아저씨라고 불러. 이제 우리는
결혼했으니 아줌마, 아저씨 맞어."

우리말이 이상했다. 남편에게 아저씨라는 호칭은 자연스러
운데 날보고 아줌마라고 하니 크게 손해보는 기분이었다. 그
러나 내가 민감하게 반응하면 장난기 많은 남편이 계속 그렇
게 부르며 놀릴까 봐 나는 의연한 척했다.

"언제는 중전마마라고 아부하더니 이제는 면허증 받았다 이
거죠? 그러나 오산하지 말아요. 면허증 있어도 통과시키지 않
으면 그만이니까……."

"그럴 리가 있나요? 마마! 알아서 잘 모시겠습니다."

"그래야지. 그런데 아까 왜 불렀어요?"

"아, 결혼에 관련된 이야기를 해주려고……. 해줄까?"

"해봐요. 선심쓰고 들어줄 테니."

"오늘 우리는 예식장에서 현대식 혼례를 올렸지만 사실 나는 전통 혼례식을 하고 싶었어. 옛날식 혼례에는 여러 가지 의미가 있거든. 신랑의 사모관대, 그리고 신부의 원삼 족두리는 옛날에는 당상관, 즉 정3품 이상의 관복이었대. 그러기에 결혼 당일은 부모에게만 인사할 뿐, 친척이나 하객 누구에게도 몸을 굽혀 절을 하지 않는거래. 결혼식 당일 신랑 신부의 지위는 그만한 권위를 가진다는 의미지. 그런 호강을 하고 싶었는데……."

"아쉽게 됐네요. 우리 금혼식 때 그렇게 하지요. 뭐!"

우리는 3박 4일의 달콤한 신혼여행을 마치고 다시금 일상으로 돌아왔다. 그런데 두 사람의 직장 때문에 시댁에서의 신접살이는 불가능했다. 나는 맏며느리로서 어머니를 모시지 못하게 된 것이 매우 죄송했으나 어머니께서는 선선히 허락해주셨다.

영도 씨의 아버지는 이미 수년 전에 교통사고로 돌아가시고 안 계셨다. 사람은 누구든지 자의가 아닌 타의에 의해서 출생과 죽음을 맞는다. 그게 대자연의 섭리다.

이 사

우리는 영도 씨의 직장이 있는 광주시에서 신접살림을 차렸다. 나는 결혼 후에도 아기가 태어날 때까지는 그냥 예전의 직장에 다니기로 했다. 조금이라도 빨리 우리의 보금자리를 만들기 위해서는 한 푼이라도 더 저축을 해야 했다. 우리는 그렇게 한눈 팔지 않고 신혼을 즐겁게 꾸려갔다.

그해 가을은 바람처럼 빨리 지나가고 겨울이 왔다.

우리는 저녁 식사 후엔 늘 녹차를 마셨다. 창밖에서는 흰눈이 조용히 내리는 밤, 따뜻한 불빛 아래에서 찻잔을 기울이며 나누는 대화, 긴긴 겨울밤은 더없이 좋았다. 영도 씨와 둘이 앉아 차의 종류며 색깔, 향기, 다구에 이르기까지 서로의 식견을 나누노라면 우리는 나무랄 데 없는 의젓한 부부였다.

우리의 토종 차, 곧 녹차는 눈과 코, 그리고 입의 즐거움까

지 고루고루 주었다. 옛 선인들의 말대로 송풍松風, 즉 차 끓
이는 소리는 귓속까지 맑게 했다. 처음엔 차의 맛과 멋을 몰
랐으나 계속 마시니 차츰 그 진미를 알게 되었다. 이렇듯 차
에 맛들여 생활하다 보니 나중에는 중독이 되어 차 없이는 일
상이 푸석푸석하다고 느낄 정도가 되었다. 차의 여러 가지 성
분이 건강에도 많은 도움을 준다고 하니 더욱 애착심이 생겼
다.

　결혼 이듬해인 1997년 초.

　신랑이 서울 본사로 발령을 받아 광주에서의 신혼살림을 접
어야 했다. 때문에 나는 직장을 그만둘 수밖에 없었다. 또 지
금의 홍희가 뱃속에서 자리를 잡아가고 있었기에 더 이상 하
루 종일 서서 근무해야 하는 판매원 일을 할 수도 없었다.

　우리는 서울의 도봉구에 있는 S동에 그간 조금씩 저축했던
돈과 광주시에서의 전세금을 합쳐 작은 아파트 하나를 전세로
구했다. 드디어 나도 어릴 적 그렇게도 동경했던 서울 사람이
되었다.

　아파트 생활은 모든 것이 간편하고 편리해서 좋았다. 쇼핑
센터, 슈퍼, 병원, 은행, 심지어 버스정류장까지 가까웠다. 지
척에 의류점과 식당도 많아서 그야말로 돈만 있으면 천국이었
다. 그러나 사우나탕이니 안마시술소, 못된 이발소며 단란주
점, 노래방과 나이트클럽 등등 가짜 천국의 뒷계단도 열려 있
어서 마음에 걸리적거리는 바가 없지 않았다.

　그랬다. 악취와 소음은 어디라도 있기 마련이어서 적당히

피해 사는 요령도 터득해야 했다.

이사 다음날, 나는 사과와 귤 등 과일을 쟁반에 받쳐 들고 같은 계단을 사용하는 집 모두를 찾아다니며 인사를 했다. 사람들은 뜻밖의 전입신고에 의외라고 놀라는 눈치였다. 나중에 들었지만 그렇게 이사를 했다고 인사를 다니는 것은 서울 사람들만의 세계에서는 보기 힘든 일이라고 했다. 그때까지 우리는 광주, 아니 목포의 반 촌뜨기였기에 가능했다.

옆집에는 소연이라는 돌이 갓 지난 여자 어린이네 가족이 살고 있었다. 소연이 엄마는 나이는 나보다 한 살 위였으나 결혼을 일찍 한 탓으로 벌써 소연이가 아장아장 걸었다. 그렇게 해서 나는 소연이 엄마를 비롯하여 몇몇 또래의 아줌마들과 사이좋게 지내게 되었다. 아래층 정우 엄마하고도 마찬가지였다. 여자들의 호들갑은 시간 가는 줄도 몰라 식사 차리는 때를 넘기기 다반사였다.

어디 그뿐인가. 셋이서 고스톱판이라도 벌이면 그 신선놀음에 솥단지를 태워먹는 사람이 으레 한 사람씩은 나왔다.

화투놀이는 매번 돈이 오가는 것이라서 저마다의 성격이 드러나기 마련이었다. 정우 엄마의 너그러움과 소연이 엄마의 빡빡함은 너무도 대조적이었다. 나야 중간쯤 거리를 유지하여 두 사람 사이에 가교 역할을 하면서 손해 보는 일은 거의 없었다. 좋게 이야기 하면 중용의 도를 잘 지키는 것이고, 나쁘게 이야기하면 약삭빠르게 구는 것이었다. 그러니까 영도 씨의 큰누나, 즉 지금의 큰시누이가 나를 그렇게 본 것이니, 가히 사람보는 눈은 매섭다 하겠다.

난 TV 드라마를 보면서도 늘 그 내용의 이면을 보는 버릇이 있다. 타인과 대화 중에서도 은연 중 그 사람의 속내를 본다.

이를테면, 드라마 '무인시대'의 최충헌이 상장군 이의민의 연회중 주정뱅이 바보의 모습에서 그가 구차하게 우봉 가문의 비세와 장자의 무능함을 동시에 보이는 무서운 속내를 읽어낼 정도가 되었다.

1996년 겨울부터 부풀어 오른 배는 임신 8개월째로 접어들자 완전 배불뚝이가 되어 버렸다. 영도 씨의 놀림도 심해져 갔다.

"우리 각시 배가 남산이네!"

"당신이 많이 벌어서 실컷 먹이니 당신 아기가 무럭무럭 커서 그럴 수밖에요."

"그 놈 빨리 끌어낼 방법이 있지."

"어떻게?"

"그놈에게 빨리 나오라고 신호를 보내면 돼."

"싱겁긴."

"싱거우면 소금을 쳐!"

"이봐요, 허튼소리 말아요. 뱃속의 아가가 들어요!"

그런데 그 무렵 영도 씨는 겉으로는 예전과 다름없어 보였지만 무언가 조금씩 달라지는 느낌이었다. 나는 그런 그를 그의 말대로 내 배가 남산만해서 잠자리를 같이 하지 못하는 탓으로 돌렸다. 또 사실이 그러하기도 했다.

영도 씨는 전에 없이 외박을 예사로 했다. 물론 외박하기 전에는 그 이유를 대고, 나의 양해를 구하기는 했다. 그러나 어떤 때는 친구의 아버지와 직장 상사의 어머니가 하루 사이로 작고하기도 하고, 고향 친구가 번갈아 가며 때없이 찾아오기도 했다. 물론 남편의 해명이었다. 그때마다 남편은 외박을 했고 다음날 아침이면 술에 취하여 들어오기 일쑤였다. 들어오는 시간 또한 멋대로였다. 그런 남편을 나는 아무 의심없이 믿었다. 왜냐하면 그이는 자상하게 설명하고, 늘 나의 양해를 먼저 구했으니까.

그러나 우리들의 대화는 조금씩 줄어들고, 어쩌다 나누는 것마저 빗나가고 있었다. 또 그이의 말투가 예전같지 않고 껄끄러웠다. 아니면 나의 신경이 예민해진 탓이었을까?

"이봐요 목포댁, 많이 변했어."

그는 툭하면 공격조로 시작했다.

"무얼요?"

"임신 핑계로 내게는 관심도 없고, 또 자기 몸도 너무 가꾸지 않는 것 같애."

"기껏 말 붙인다는 게 그거예요?"

"사실이 그렇잖아! 왜 내 말이 틀렸어?"

"틀렸어? 이제는 막말까지 하시고……."

"시끄러! 뭐, 시원한 것 없어?"

"있지라우. 냉장고에 겁나게 시원한 게 있지라우."

나는 기분이 별로일 때에는 고향 사투리를 억지로 썼다. 내 기분이 지금은 바닥을 기고 있으니 조심하라는 엄포였다.

"완전 전라도 본태가 나는구만."

하기야 예전에도 기분이 내키지 않을 때는 질퍽거렸었다. 그러나 요즈음은 언뜻 듣기에 따라서는 사랑을 나누는 신혼부부라기보다는 항구 도시에서 생선을 파는 사람들의 투박한 어투에 가까운 말이 오고가기 일쑤였다.

나는 출산일이 얼마 남지 않았기에 가급적 충돌을 피하고 싶었다. 그래서 나는 내 목소리에서 가시를 빼내고, 좋은 분위기를 이끌어 내려고 노력했다.

"이봐요, 자기!"

"왜?"

"퍼뜩 오이소."

"뭐 맛있는 게 있어?"

"얼능 오랑께요."

"팔도 말을 다 써요."

"어서 와유."

"아이고, 충청도 말까지……."

"이봐요, 배좀 만져 봐요."

"새삼스럽게……."

"어머니 오시라고 할까요?"

"공주 어머니? 왜?"

"출산 때 어머님이 계시면 좋을 것 같고, 이번 기회에 아주

어머니를 모시고 살았으면 해서요."

"맞아, 그렇게 해야 되겠지?"

"이제는 어머니께서 일손 놓으시도록 우리가 모셔야할 때가
되지 않았어요?"

"이제야 철이 드는군!"

"아이고 오랜만에 비행기 한번 타내요."

"뭐 마실 것 없어? 우리 모처럼 브라보 한번 하자!"

"좋지요. 그런데 왜 그래요? 눈가에 이슬까지 맺히고……."

"젖은 손이 애처로워 살며시 잡아 본 순간, 거칠어진 손마디
가 너무나도……."

간밤에 외박을 하고 들어 온 남편은 웬일로 노래까지 불렀
다. 그것도 청승맞을 정도로 진지하게. 그런 일은 예전에는
없었던 일이었다. 썩 잘 부르는 노래는 아니었지만 나도 덩달
아 울컥해지면서 눈물이 비쳤다.

그 얼마 전까지만 해도 우리의 사이는 결코 나쁜 사이가 아
니었다. 남편은 행복을 위해 노력했었다. 빈손으로의 귀가가
싫다고 호떡이나 찐빵을 사 들고서 귀가 하는 그에게서 포근
한 정감을 느끼기도 했다. 그럴 때면 그는 나를 안고 입맞춰
주며 속삭였다.

"한 남자의 품에서 마음 놓고 우는 여자의 울음소리는 행복
의 나라 물결소리 랍니다."

"당신 시인 같애!"

"사랑아, 날개 접고 있으면 좋으련만, 바람만 불어도 불안하

여라."

"정말 여간 아닌데요. 글로 써요!"

그런 날은 분위기 짱이었다. 그런 때는 뱃속의 아이도 그런 기분이 전달되는 것인지 발길질이 심했다.

'홍희야! 네가 태어나기 한 달 전 아빠와 엄마의 대화란다.

이렇듯 서로 아껴 주고 위해 주며, 작은 일에 만족해하는 것이 행복일 듯싶구나. 너무 큰 기쁨과 행복은 완전하게 감출 수가 없어 금방 도망가 버린대. 또 행복을 함부로 말하면 악마가 훼방을 놓을 지도 모르고…….

그런데, 삼신할머니가 너를 밀어낼 때에 얼마나 심하게 두들겼는지 네 볼기짝이 몹시도 푸르더구나. 조그만 손이 내 새끼의 손인가 싶어 신기하기도 했고, 숫구멍(막 낳은 아이의 가마자리)의 팔딱임에 놀라기도 했단다. 이마의 솜털이 언제 그렇게 자랐는가 싶어 날마다 지켜보는데 이내 없어지더구나.

어찌되었거나 생명은 축복이기에 너를 안고서 얼마나 기뻐했는지 모른다. 잠에서 깨어나기만 하면 울어대는 통에 짜증이 나기도 했었지만.

- 1998년 4월 8일

1998년 4월 말. 맑고 따뜻한 봄볕이 대지에 그득했다.

멀리 보이는 도봉산의 연두색 나무들이 초록색으로 바뀌어 가고, 내가 사는 아파트 뒷산에서 풍겨오는 아카시아 내음이 방안까지 가득히 들어왔다.

나는 출산 예정일 일주일을 앞두고부터 출산 준비를 시작했다. 친정엄마를 오시라고 해서 도움을 받을까 하다가 그러면 어머니께서 서운해 하실 것 같아 남편으로 하여금 모셔오도록 했다. 첫 출산이라서 두렵고 떨렸다.

"아이 낳는 거 별것 아니어야. 나는 네 큰시누이 낳을 때 밭일하다가 들어와서 바로 낳았어. 탯줄을 끊으려고 하니까 그때서야 네 시아버지가 헐레벌떡 들어왔어야. 허기사 내가 아무것도 몰랐으니까 그래서 두려움이 없었던지도 몰라."

어머니는 나를 안심시키려고 출산하는 일을 대수롭지 않게 말씀하셨다.

"옛날에는 여자가 애 낳으려고 방으로 들어갈 땐 토방에 벗어놓은 신발을 다시 한번 바라보고 들어갔다던데요? 다시 신게 될 수 있을까 하고……."

"몰라. 그런 사람도 있었것지."

"산전 고통은 없었어요?"

"산전 고통이 뭐라냐?"

"왜, 애 돌린다고 하잖아요. 아기가 엄마 뱃속에서 태어나려고 준비하는 거 말예요."

"응! 아프기야 했지. 그런데 으레 그런 것이려니 하고 참았지. 그렇게 생각하니 견딜 만하더라야."

"어머니, 저 들으라고 일부러 아무렇지도 않다고 말씀하시는 거지요?"

"아니다야. 정말로 그랬어야."

어머니도 첫 손주를 보게 되어 무척 기쁘고 가슴 설레시는 눈치였다.

"어머니! 어머니는 손자가 더 좋아요, 손녀가 더 좋아요?"

"야는! 그걸 몰라서 묻냐? 허지만 그게 어디 사람 뜻대로 되는 일이라냐. 그저 조왕신님이 주시는대로 키우는 거지."

"조왕신님이 뭐예요?"

"그것도 모른다냐? 부엌에 계시면서 그 집안일을 모두 결정지어주는 신님이란다. 허기사 요즘 애들은 잘 모르것지. 누가 가르쳐줬어야 알지."

"아! 저 어렸을 적에 친정엄마가 부뚜막에 깨끗한 물을 떠 놓고 손을 비비며 뭐라뭐라 하시는 거 봤어요. 그게 조왕신 때문이었나보죠?"

"맞다. 옛날에는 집안에 무슨 일이 있으면 그렇게 빌었어야."

"그러면 지금은 조왕신이 어디 있어요? 대부분의 집에 부엌 이 없잖아요."

"야가 못하는 소리가 없네. 그런 소리 하는 거 아니어야. 조 왕신님이 들으시면 부정 탄다."

"부정 타는 게 무언데요?"

"좋지 않은 일이 생긴다는 거지. 이제 그만 혀! 큰 일 앞두 고 그런 말 입에 담는 거 아니다."

나는 지금 21세기 과학시대에 그런 것이 어디 있느냐고 말 하려다가 입을 다물었다.

드디어 출산 예정일.

아침 일찍부터 배가 아파오기 시작했다.

나는 이미 한 달 전에 동네에 있는 가까운 산부인과의원에 들러 그곳 원장과 상담을 했던 터였다. 병원에는 출근하는 남 편이 데려다 주었다. 그곳은 작은 병원이라서 원장이 직접 조 산을 맡고 있었다.

원장은 간단히 몇가지를 묻고 검사하더니 말했다.

"산모께서 젊고 건강하시니 자연분만하도록 하시죠. 다른 문제도 없고……"

수더분하다못해 털털해 보이기까지 하는 원장이 거의 명령조로 결정해 버렸다.

원장의 예상과는 달리 대단한 난산이었다. 아침부터 시작된 진통은 밤 9시까지 계속되었다. 원장은 초산이라서 그렇다고 하며 대수롭지 않게 여기는 눈치였다. 나는 진통이 반복될 때마다 체면도 없이 소리를 질러댔다.

그럴 수밖에 없을 만큼 아팠다. 그 경황 중에도 예전의 어머니들이 출산 전에 벗어놓은 신발을 되보고 들어갔다는 말이 다시 생각났다. 정말 그 말이 실감났다.

"아지매요, 아지매 어무이도 그런 고통 끝에 아지매를 낳았능기라. 조금만 참으시소."

내가 너무 시끄럽게 소리를 지르니 원장이 다가와 주의 반, 격려 반으로 한마디 했다.

"원장님도 낳는 아이 받지만 말고 직접 낳아보세요. 그런 말씀이 나오는지……"

"알았구마! 내도 하나 낳아볼끼라."

원장은 나를 웃기려고 억지 사투리를 썼지만 그에 동조할만큼 나는 여유롭지가 못했다. 그렇게 12시간의 긴 고통 끝에 드디어 출산을 하였다. 아가를 받아 안은 원장은 아가의 발을 잡고 거꾸로 세운 후 엉덩이를 찰싹! 찰싹! 두어 번 때렸다. 그제서야 아가는 으앙! 하고 울음을 터뜨렸다.

그때까지 눈을 감고 고통을 참고 있던 나는 아가의 울음소

리에 놀라 비로소 아가를 바라보았다. 어른들이 갓난아기를
핏덩이라고 하더니 과연 아가는 온몸이 피에 젖어 있었다.

"예쁜 공주님이네요. 축하합니다."

잠시 후 간호사가 깨끗하게 목욕을 시킨 아가의 얼굴을 내
게 보여주면서 말했다.

나는 그 아가가 내 뱃속에서 나왔다고 생각하니 너무 신기
했다. 아! 이것이 생명 탄생의 신비로구나! 나는 나도 모르게
눈물이 나왔다. 아가는 나를 많이 닮아 보였다. 아가가 간
뒤, 내가 산후 통증으로 고통스러워하자 간호사가 신경안정제
를 주사해 주었다. 그덕에 겨우 잠이 들었다.

남편은 한참 뒤에야 퇴근해서 돌아왔다. 창고 정리 때문에
부득이 야근을 했노라고 했다.

"고생했어! 애기가 당신 닮았던데……."

이야기를 듣고보니 남편은 그 늦은 중에도 이미 신생아실에
들러 나보다 아가부터 먼저 본 모양이었다.

"자! 축하선물이야!"

나는 그가 늦게 온 데다가 나보다 신생아실에 먼저 들렀다
는데에 대해서 섭섭함을 토로하려다가 그의 말에 멈칫했다.

"뭔데?"

"풀어보면 알 거 아냐."

그의 말투에는 서운하다는 의미가 묻어 있었다.

"왜요? 아들이 아니라서 서운해요?"

"아냐! 선물이나 풀어 봐!"

　나는 상자가 아주 작아서 반지인가 싶었는데 막상 열어보니 하트 모양의 귀걸이였다.

　"그거 24K야."

　"고마워요. 그건 그렇지만 아기는 우리 두 사람의 공동작품이니 나를 원망하지 말아요."

　"알았어! 안 그래. 누가 당신을 원망한대?"

　"속으로는 그러면서……."

　"언제 독심술까지 공부했었나?"

　"그래요! 그러니 무슨 일이든지 나 속이려고 들지 말아요."

　"힘든데 그만하고 쉬어! 어머니는 어디 계셔? 나 어머니 보러 갈께!"

　나도 겉으로는 내색하지 않았지만 솔직히 아들이 아니어서 조금은 섭섭했다. 그러다가 '내가 무슨 주책없는 생각을 하고 있는 거야'하고 고개를 저어 머리 속을 털어냈다.

　어머니도 그랬다. 간호사가 공주라고 알려주자 하신 말씀은 한마디였다.

　"요즈음은 딸이 더 좋아야."

　그러나 진정으로 좋아하시는 눈치는 아니셨다.

　나는 다음날부터 아가에게 직접 수유를 했다. 다행히 아가도 건강하고 젖 또한 풍부하여 별 애로가 없었다. 아가는 한쪽 젖만으로는 모자라 나머지 젖까지 다 주어야 잠이 들곤 했다. 임신할 때도 신통하게 입덧이 없더니 출산 후에도 속썩이는 일이 없었다.

　첫째 홍희를 낳은 지 얼마 아니 되어 소연이 엄마와 정우 엄마가 놀러 왔다. 정우 엄마가 먼저 말을 건넸다.
　“축하해, 득녀!”
　“고마워요, 언니.”
　소연이 엄마는 아기가 예뻐서 미스코리아 감이라고 덕담을 해주었다. 의례적인 인사치레인 줄 알면서도 기분이 나쁘지 않았다.
　“그래 인생 선배님이 축하하려 오셨는데, 뭐 맛있는 거 없어?”
　여자들의 수다는 냉장고 문을 가만두지 아니했다.
　건장하고 시원시원한 성격의 소연 엄마는 늘 거칠 것 없이 행동했다.
　“큰일났네. 아무것도 없는데.”
　“그러면 현찰로 내! 밖으로 나가자구.”
　“심하셔. 나, 나가기 힘든 줄 알면서…….”
　“그런가? 그런데 아이 이름이 뭐야?”
　“홍희라고 지었어요, 최홍희催紅姬.”
　“홍희라, 홍 자는 무슨 홍 자래?”
　“붉을 홍.”
　“붉은 계집, 정열의 마카레나네.”
　“그렇게 되나요.”
　“누가 지은 거야?”
　“내가 지었는데, 애 아빠는 별로인가 봐요.”

“홍희, 이름 예쁘기만하네.”

“그렇지요?”

“그럼, 정말이라니까. 그런 의미에서 뭐 좀 내놔!”

“미안해요. 슈퍼 간 지가 오래 돼서요.”

우리는 만나면 그저 보통 여자, 보통 아줌마들의 허물없는 대화를 주고받았다.

생명의 탄생은 축복이요, 신비 덩어리다. 나는 홍희가 앙증스런 손가락을 조몰락거리고, 눈을 떠 무엇인가를 보려 하는 모습에서 작은 천국을 보았다. 그래, 건강하게 잘 자라거라. 나의 천국아!

밖은 완연한 여름이었다. 먼 데 산뒤로 하얀 구름이 뭉게뭉게 피어올랐다. 그 구름이 햇빛에 반사되어 눈이 부셨다. 매미 울음소리도 귀가 아프게 들렸다.

우리는 그냥 둘러앉아 세상 돌아가는 이야기로 시간을 보냈다. 정우 엄마는 자기도 아직 30대 초반이면서도 나이에 걸맞지 않게 요즈음 젊은 세대들의 의식을 비판했다. 소연 엄마는 현대인의 문화생활에 대해서 주장을 폈다. 나는 문화생활이라는 게 별것 아니라고 끼어들었다. 포스트모더니즘이나 아리아가 무엇인지 모르면 어떠냐고 궤변으로 밀어부쳤다.

우리는 그렇게 스트레스를 부수었다.

홍희를 낳은 지 한 달쯤 되었을까. 밤이 되자 홍희 아빠가 몹시 치근댔다. 역시 평범한 한 인간임을 확인할 수 있었다.

“이봐, 나는 기다리는 데 익숙지 않아!”

“무얼요?”

“난 당신이 옆에 없으면 무너지고 만단 말이야.”

“쉽게 말해요. 어쩌라는 거예요?”

나는 그이가 무슨 이야기를 하고 있는지 잘 알면서 짐짓 딴 청을 폈다.

“자꾸 그러면 나 또 초상집에 갈꺼야.”

나는 어이가 없어 멀뚱멀뚱 바라보기만 했다.

“그게 무슨 말예요? 갑자기 웬 초상집?”

“자! 자! 그냥 해 본 소리야. 어서 이리 와! 우리 자자구!”

그이는 무언가 감추려는 듯 서둘러 나를 침대 안으로 끌어 들였다.

“그렇다면 불을 끄세요. 어둠도 빛만큼 소중하대요.”

“탱큐! 표현도 멋지고……”

이윽고 창문으로 새어든 달빛이 남편의 등뒤를 오르내리고 있었다. 즐거운 사라가 따로 있는 게 아니었다.

분수에 넘치는 행복을 바라는 것은 교만이다.

우리는 여전히 평범한 일상을 이어갔다. 남편은 출산 전보다 더 자상해 졌다. 그래서 대화도 스스럼없이 각자 속생각까지 나누었다.

“이봐! 아내의 남자친구를 인정해 주면 남편의 여자친구도 인정해 주어야 되는 것 아닌가?”

“그게 무슨 말이에요?”

“부부 외에 따로 이성 친구를 갖는 것을 인정해줄 수 있느냐고?”

“말이라고 하세요? 나는 못해요. 살면서 절대로 그런 가슴 떨리는 일 있어서는 안 돼요.”

“그래서 믿음 소망 사랑 중에 믿음이 제일이라고 하는가 봐.”

“그래요. 그래서 한 번 부정不貞하게 되면 백 번 잘해도 소용 없다구요.”

“남자는 아내가 변하지 않기를 바라고, 여자는 남편이 변하길 바란다는데, 그것도 맞는 말인가?”

“앞에 말은 아내의 행위를 경계하는 것이고, 뒷말은 남편에게 좀더 나은 서비스나 발전을 원한다는 말이겠죠. 안 그래요?”

“그래, 맞는 말인 것 같아.”

“맞으면 맞는 것이지, 맞는 것 같아가 뭐예요.”

나는 부부간에도 진지한 대화가 좋았다. 이런 대화는 서로를 이해하는데 도움이 되었다.

어느 날엔가 그이는 핸드백 하나를 가지고 들어왔다. 어투가 다정한 것으로 보아 기분이 좋은 모양이었다.

“헤이, 이 속에 무엇이 들어있을 것 같아?”

“글쎄요. 밤에 필요한 거예요?”

“이 사람, 생각이 응큼하구먼. 혹시 님포마니아 아니야!”

“그게 무슨 말이에요?”

“여자 색골.”

"당신 너무 심한 거 아녜요? 그런 말을 그렇게 쉽게……"

"음, 그럼, 한부悍婦(사나운 여자)라는 말은 알아?"

"한부는 몰라도 열부烈婦는 알아요."

부부간에도 자존심과 승부욕은 있는 법, 한 치도 지지 않으려는 치열함이 있었다. 그러나 경전에 '섬기면 같이 섬기리라' 했다. 또 '생각을 바꾸면 세상이 달라 보인다'는 말도 있다. 무슨 악한 감정이 있어 날마다 아웅다웅 싸움만 하겠는가. 가슴이 따뜻한 사람들의 세상에서 살고 싶은 것이 우리 모두의 소망이었다.

"그건 그렇고, 이 핸드백 속에 무엇이 들어있을 것 같애?"

"손수건이나 안경, 아니면 거울이나 립스틱……."

"틀렸어. 그건 보통 여자들도 다 가지고 다녀."

"그럼 다이아몬드? 수표?"

"허허, 독심술 공부했다더니 형편없구만!"

"뭐예요? 궁금하게……."

"내 사랑."

핸드백 속에는 아무것도 들어있지 않았다.

"그 속에 든 게 모두 내가 당신에게 주는 내 사랑이야. 사랑이 눈에 보이는 것이 아니라서 그렇지, 눈으로 볼 수만 있다면 당신 아마 놀라 넘어질 걸! 가득 들어 있잖아!"

"핸드백 하나 선물하면서 수식어 한 번 거창하네요. 하여튼 고마워요. 마음에 꼭 드네요."

"내가 독심술을 해서 당신 마음을 읽었지."

우리는 행복했다. 홍희도 별 탈 없이 잘 놀았다.

그해 가을 어머니는 우리에게 합류했다. 어머니의 성격은 보기보다는 깐깐했다.

"홍희 에미야, 홍희가 어찌 감기끼가 있는 것 같구나. 애기 관리 잘하고 있는 게냐?"

"그럼요. 그런 건 제가 똑소리 나요."

"저 시에미한테 말하는 뽄새 봐라."

나는 인절미에 고물을 묻히듯 항상 어머니에게 살갑게 굴었다. 그래야 어머니의 깐깐함이 범벅이 되어 내게로 튀지 않았다.

"옛날에는 어린 아이들이 언뜻하면 죽어 나갔어야. 지금은 참 좋은 세상이지."

"어머니, 요즘은 경제가 좋아진 만큼 영양도 좋고 의술도 좋아져서 옛날보다 훨씬 오래 산답니다. 정말 좋은 세상이에요."

"그러게 말이다. 그런데도 서둘러 가버리는 사람도 있더라."

"……."

어머니의 성격에 나와의 대화가 별 부딪힘 없이 무난하게 이루어지는 것은 피차간에 많이 참고 이해하기 때문이었다. 어머니 앞에서는 말을 조심해야지, 함부로 아무 말이나 했다가는 그냥 대 놓고 책망하셨다. 그런 일이 쌓여 자칫 고부간의 갈등으로 번질까 봐 조심하고 또 조심하면서도 겉으로는 친정어머니에게 하듯 허물없이 대했다. 나는 고부 사이에 생기기 쉬운 담장을 애초부터 자리잡지 못하게 하고 싶었다.

사람은 나이가 들면 들수록 마음이 여리어진다. 그것은 무엇인가 하나씩 빼앗기는 듯한 상실감 때문이다. 어머니 입장에서 보통의 마음으로는 자식들에게 투자한 만큼 보상받고 싶은 욕심도 있을 것이다. 그러한 어머니의 심리를 이해할 수 있기에 나는 어머니와 더 가까워지기 위해 틈나는 대로 어머니 곁으로 다가갔다.

"어머니, 새우젓은 어떻게 담그는 거예요? 그냥 새우에 양념만 해두면 되는 거예요?"

"무신 새우로 담글 건데?"

"민물새우요. 우리 친정에서는 토하(생이)라고 하는데 오늘 시장에 갔더니 그게 조금 있더라구요."

"그러냐? 우리 충청도에서는 새빙게라고 하는데……. 간이 되어 있더냐?"

"예, 조금 붉으스레하니 곰삭아 있었어요."

"음, 그러면 간이 되어 있는 것 같으니 그대로 두고, 찹쌀 다섯 숟갈정도를 냄비에다 넣고 죽으로 푹 끓이렴."

"아, 예, 그런 다음에는요?"

"젓과 함께 섞은 다음 갖은 양념을 다해 버무리면 돼."

"예예, 알겠습니다. 어머니."

나는 어머니와 많은 대화를 하면서 전통적 노하우를 하나하나 전수받았다. 모르는 것이 있으면 솔직히 묻고, 알아도 슬쩍 되물어 어머니의 비위를 맞추었다.

인간은 모두가 홀로라는 헤르만 헤세의 말처럼 나이 들어

외로우실 어머니를 따뜻하게 해 드리고 싶었다. 정보다 더 따뜻한 것은 없을 것이다.

병원에 입원한 환자들은 병마와 싸우는 것도 고통이지만, 외로움에 짓눌릴 때 더욱 고통스럽다고 한다. 삶에 실패하고 낙오되어 자기만 홀로 남았다고 하는 고독감에 가슴 아파한다는 것이다.

살다보면 더러 마음이 무거울 때가 있다. 또 병들어 주저앉아 있는 이는 외로움에 떨 때가 있다. 나는 가능하다면 우리 가족, 우리 어머니뿐만 아니라 모든 사람을 위하여 일하고 싶고 봉사하고 싶었다.

두 번째의 임신

　내가 살던 아파트에서는 1주일에 한번씩 일정한 장소에서 재활용품을 분리수거했다. 이때 버려지는 재활용품 중에는 멀쩡한 것들도 많았다. 더러는 내게 필요한 것이 있는데도 그걸 차마 가져오지 못했다. 알량한 자존심 때문이었다.

　그럴 땐 난 슬며시 어머니를 모시고 나갔다. 그러면 어머니께서는 쓸만한 물건은 아까워하시며 챙기셨다. 몇 번 그런 일이 있어 홍희 아빠도 알게 되었다. 그러나 그는 모른 척했다.

　이웃집을 돌아다니다 보면 현기증을 느낄 때가 있다. 수입에 비해 집안을 요란하게 꾸며 놓고 누구에겐가 보여 주어야 소화가 되는 이들이 있다. 낭비는 그 만큼의 자연 훼손을 의미한다. 그러나 이른바 부유층의 사모님들은 그런 것을 생각하지 않는다. 내 눈에는 그들이 모두 알맹이가 없는 껍질로만 보였다. 알맹이 없는 껍질은 쓸모없는 무용지물일 뿐이었다.

인간의 본성은 고요함이다. 고요함이란 맑고 밝고 깨끗함을 말한다. 정한수 떠 놓고 천지신명께 빌고빌던 우리들 어머니의 간절한 기도가 순수해 보이는 것도 그 까닭이다.

다시 해가 바뀌어 1999년 5월.

홍희의 두 돌을 두어 주일 남긴 때였다. 나는 여자로서 의당 있어야 할 월중 행사를 안하는 것이었다. 홍희가 동생에게 터를 판 것 같았다. 나는 아직 홍희도 어린데 은근히 걱정이 되었다. 어떻게 두 아이를 동시에 키워 낼 것인가.

어찌 되었건 우선 귀찮은 것이 없어지니 편하긴 했다. 여성에게 월경은 번거로운 행사가 아닐 수 없다. 나는 유독 그 기간 중에는 신경이 예민해 지고 생리통에 시달리게 돼 여간 성가신 게 아니었다.

음력 3월 스무 이튿날은 시아버지 기일忌日이었다. 해마다 그날에는 여러 형제들이 찾아왔다. 나는 그날이 힘들었다. 세 시누이들의 수다와 두 도련님들의 시중을 들어야 했다. 또 제사음식도 차려야 했다. 음식장만은 주로 어머니와 나의 몫이었다. 시누이들은 모두 직장생활을 하는 탓으로 밤이 되어서야 왔다.

"어머니, 예전엔 세제도 없이 어떻게 그릇을 씻었는지 모르겠어요. 요즘 여자들은 설거지 때마다 쓰는데."

나는 설거지를 하다말고 어머니께 말을 걸었다.

"그래도 방법이 있었어야! 볏짚재나 쌀뜨물로 닦으면 아주
잘 닦여야."

"세균까지 다 씻어졌을라구요?"

"세균이 뭐다냐?"

어머니는 시골에서 농사일만 하던 순박하신 분이라 조금만
어려운 말이 나와도 되물으셨다. 나는 모르는 것을 부끄러워
하지 않고 그때그때 되물어 알고 넘어가는 어머니의 그런 태
도를 좋아했다.

"병균 말이에요."

"그런 것이 뭐 얻어먹을 게 있다고 그릇에 붙어 있다냐?"

이렇게 고부간에 이야기를 하고 있는데 홍희 아빠가 끼어들
었다. 그이는 대부분 어머니 편이었다.

"어머니 말이 맞아요. 병균이 사람 몸에나 붙어사는 거지 왜
빈 그릇에 붙어 있겠어요."

그런데 그가 실수를 했다. 물론 본의야 아니겠지만 말을 떨
어뜨리고 보니 비아냥거리는 듯한 말이 되고 말았다. 나는 얼
른 그의 말을 받쳐 주었다.

"그래요. 아주 옛날에는 나무로 된 설거지통이 있었잖아요?
그런 데에는 때가 시커멓게 끼어 있어 병균이 살았을지도 모
르지요."

"옛날에는 그런 것들이 있었어도 사람의 손독에 죽었어야."

순박하신 어머니는 그런 눈치를 채지 못하시고 당신의 말만
계속했다.

"네네, 맞아요. 요즘 사람들은 그것도 모르고 그릇을 깨끗이 씻어 낸답시고 독약을 여기저기 바르는 거라구요. 세제라는 것들이 알고 보면 모두 독약인데 그걸 몰라요."

그 어머니에 그 아들이었다. 아이들 표현대로 환상의 콤비였다. 그럴 때면 시누이들은 쿡쿡거리며 웃기만 할 뿐, 잘 끼어들려고 하지 않았다.

시아버지 제사를 끝낸 다음날 오후, 나는 온 몸이 너무도 나른했다. 이번에도 별다른 입덧은 없었지만 피로가 전에 없이 심했다. 영양이 부실했나하고 생각해 보았지만 그런 것 같지도 않았다. 뱃속에서 자라고 있는 아이 탓이었을까?

갈 사람 모두가 떠나간 뒤, 홍희를 안고 쉬고 있노라니 사는 게 별것 아니라는 생각이 들었다. 지금 제사에 참석했다가 저마다의 가정으로 돌아 간 형제들처럼 모였다 흩어졌다를 반복하면서, 그저 그렇게 사는 것이 인생 아닌가 싶었다.

모두가 하나고, 하나가 모두라는 불가佛家의 불이사상不二思想에 공감이 갔다. 불이사상 그대로 너와 내가 따로 아닌 한 마음이요, 가고 옴이 따로 없는 한 자리라는 무아의 세계에는 애증이란 있을 수 없겠다는 생각이 들었다.

기독교의 천국도 무정부주의요, 무소유주의라고 말하는 이가 있다. 죽음 또한 또 다른 세상에서의 삶이라는 믿음에 수긍이 되었다. 영혼은 하늘로부터 온 것이고, 육신은 땅으로부터 온 것이기에, 모든 것에 감사하며 살아야 하리라.

'홍희야! 네가 이 다음에 크면 흙냄새 좋은 줄을 알 수 있을까? 봄이면 뒷산 진달래가 붉게 타고, 새파란 미나리밭 옆으로 어미닭을 따라 병아리떼가 나들이를 가는 평화를 보게 될 수 있을까? 어느 집 새끼 잃은 어미소가 슬프게 우는 밤, 산골 깊숙이서 들려오는 소쩍새 울음이 너무도 처량해서 가슴앓이를 하는 어느 소년의 마음을 알게 될까? 여름밤엔 별을 헤다가 잠이 들고, 가을엔 소슬바람 따라가다가 코스모스 언덕길에 넘어지는 소녀의 생채기를 보듬어 줄 수 있을까?'

- 1999년 6월 16일

나는 혼자 있을 땐 갖가지 상념에 젖어들곤 했다.

그 사이 계절이 바뀌어 어언 여름이었다.

홍희가 이제 말을 배우기 시작하여 자기 의사를 곧잘 표현했다. 남편은 그런 홍희가 예뻐서 몸살이 날 지경이었다. 퇴근하여 집에 오면 집안을 온통 뒤집어 놓으며 함께 뒹굴었다. 홍희의 웃음소리가 끊이지를 않았다. 사람 사는 집 같았다.

나는 여전히 하루하루를 큰 변화없이 보내고 있었다. 그사이 배가 제법 불러왔다.

"에미야, 홍희 깃저고리는 잘 두었냐?"

"깃저고리라니요?"

"배내옷 말이다."

"아, 배냇저고리요? 어머니, 요즘은요, 배냇저고리가 따로 없어요. 아이옷 전문점에 가면 저고리가 여러 가지가 있어 그때그때 골라 입혀요.”

“무슨 소리를 하는 게냐? 홍희 태어나서 처음 입혔던 옷 버리지는 말라는 말이다.”

“아, 예! 그런데 왜 버리면 안 되는 거예요?”

“안 되는 것이 아니라, 두면 좋지야!”

“왜요?”

“저렇다니까, 어미라는 사람이…….”

“…….”

“홍희가 커서 그 옷을 보면 어미의 정을 얼마나 느끼게 될지, 생각도 안 해 보았더란 말이냐?”

“죄송해요, 어머니.”

“요즘 젊은 사람들은 거기까지 생각을 못해요, 글씨.”

“그러게요. 제 생각이 미처 거기까지 못했네요.”

그렇다. 말씀을 듣고 생각해 보니 의미가 있을 것 같았다. 생각이 짧은 나를 보고 어머니께서 얼마나 실망하셨을까 싶었다.

어머니는 가끔 이렇게 나의 정신 속으로 허점을 치고 들어와 휘저어 놓고 유유자적 나가셨다. 나는 대비를 한다고 했는데도 번번이 혼쭐이 나곤 했다. 그래도 나는 그런 어머니가 좋았다.

홍희 아빠는 내게 가끔 어린아이들처럼 투정을 부렸다. 사내들은 때로 아내 옆에서 어려지고 싶은 걸까?

“여보, 예쁜 마누라! 내게 너무 무심하면 그건 고문일 수도 있어. 나 있을 때 잘해!"
"지나친 관심도 고문이라는 것을 모르세요?"
"잘났어. 한번도 지지를 않아요. 사실은 자기와 춤을 추고
싶은데……."
"갑자기 춤이라니요?"
"좋은 일이 있었지."
"그래요? 그러면 추어야지요."
"우리 당장 노래방으로 갈까?"
"무슨 좋은 일이 있었는데요?"
"한 계단 튀어올랐지, 팀장으로."
"오, 그래요? 이리 와요. 뽀뽀!"
"좋지!"
진급이라 해 보아야 조그만 부서의 팀장에 불과했다. 그래
도 진급이라고 기분이 좋았다. 케네디와 클린턴은 40대에 대
통령이 되었으니 얼마나 기분이 좋았을꼬?
'그 춥던 겨울이 지나 또 봄은 가고 또 봄은 가고
그 여름날이 가면 아 세월이 간다. 세월이 간다.'
나의 입에서 모처럼 노래가 나왔다.

불행의 시작

　TV에서 사랑하는 남녀가 양가 부모의 반대로 뜻을 이루지 못하자 죽음을 택했다는 뉴스가 나왔다. 축복받지 못할 결혼보다 영원한 사랑을 선택한 그들의 죽음에 나는 당황했다. 죽음을 초월하는 사랑이었다면 얼마나 열렬한가! 그렇게 열렬한 사랑이 끝내 죽음밖에 선택할 수 없었을까?

　사랑의 올가미에 묶이게 되면 누구도 자유로울 수 없다. 그런데 나는 그다지 큰 불만이 없는 것은 그이의 사랑 때문일까.

　생활비는 조금씩 늘어나는데 그이의 수입에만 의지하다 보니 가계를 꾸려 가는데 힘에 부쳤다. 그래서 어머니께 홍희를 맡기고 취업을 해 보려 했으나 쉽지가 않았다. 출산에, 육아에, 나태에 젖은 나에게 입에 맞는 떡을 고르기란 어렵기만

했다. 문제는 그뿐만이 아니었다.

젖을 뗀 홍희가 콧물이 나고, 기침을 자주하기 시작했다. 동네 약국에서 감기약을 사다 몇 번 먹여 보았으나 신통치가 않았다.

1999년 가을로 접어들면서는 설사에 토하는 일이 잦아지고, 어디가 불편한지 자꾸 보채기만 했다. 가까운 의원을 찾아다니며 치료했으나 별로 호전되는 것 같지 않았다. 오한과 발열을 반복하며 심한 기침으로 호흡 곤란도 일으키기도 했다. 나는 환절기라서 감기려니 생각했고, 동네의원의 의사도 그렇게 처방해 주었다. 나는 그런 홍희를 달래느라 밤잠을 설치기 한두 번이 아니었다.

물론 계속 나쁜 상태만은 아니었다. 조금 좋아지는 것 같다가 다시 재발하기를 수회, 그렇게 12월이 되었다. 소식을 전해들은 엄마로부터 전화가 왔다.

"수진아, 느그 애기 어쩌냐? 지금도 보채고 그러냐?"

"응, 좋아지진 않고 점점 더 그러네. 힘들어서 죽겠어."

"너 그러지 말고, 큰 병원으로 데리고 가 봐. 작은집 조카가 소아암으로 광주에서 치료를 받고 있는디, 옆 침대의 아이도 니 애기처럼 1년 내내 감기기가 끊이질 않아 큰 병원에 가서 엠알아인지 뭔지 촬영을 해 보니께 소아암으로 판명되었다더라. 그러니 니 새끼도 그 검사 좀 해 보란 말이다."

"응, 안 그래도 큰 병원으로 가서 종합검진을 해보려고 해."

"빨리 가 봐! 그러다 애기 잡는다. 어디가 안 좋긴 크게 안 좋은 모양인디, 진즉 가 볼 것을 애기 고생만 시킨 것 같다."

"응, 알았어! 그렇게 할게."

"아, 옛날이야 어쩌지 못해 애기들을 많이 죽였지만, 지금이사 얼마나 좋은 시상이냐. 꼭 그렇게 해라, 잉?"

"응, 알았어."

"최 서방은 일 잘 다니고 있고?"

"응!"

"내일이라도 당장 병원에 가 봐라, 잉?"

"알았다니까 그러네."

"그려, 끊는다."

엄마는 몇 번이나 다짐을 주었다. 내가 그러겠노라고 대답을 했는데도 자꾸 그러시니까 종내에는 슬그머니 짜증이 났다. 내 말투에서 그런 낌새를 눈치 챈 엄마는 마지못해 수화기를 놓으면서도 무언가 안타까움을 숨기지 않았다.

그랬다. 진작에 큰 병원에 가서 알아보았어야 했다.

이제는 홍희의 입안이 헐기 시작했고, 기저귀 찬 부분에 발진도 심했다. 거기에 계속된 구토와 설사로 어머니와 난 닦고 빨고 치우기를 거듭했다.

다음 날, 파리한 홍희를 안고 동네의 다른 병원으로 갔다. 검진을 한 의사는 홍희의 증상에 대해서는 별 설명 없이 우선 입원을 시키라고 했다. 한참을 기다려 입원 수속을 마칠 수 있었다. 좁고 소란스런 대기실과 통로를 벗어나 입원실로 들어가니 그나마 살 것 같았다. 소아과 어린이 병실이었기에 그만그만한 젊은 부인들이 많아 다소 위로가 되었다.

홍희는 누가 보아도 폐렴이 분명해 보였다. 고열에 심한 기침하며, 호흡 곤란과 함께 가슴이 아파하는 증상이 그렇게 보이게 했다. 그런데 홍희는 보름이 넘어도 별로 나아지지 않았다.

그러니 간병하는 나로서는 여간 답답한 게 아니었다.

왜일까? 원인이 무엇일까? 어디가 잘못되어 그러는 것일까? 말못하는 홍희는 얼마나 답답할까? 무거운 마음은 무엇으로도 위로가 되지 않았다. 병실의 다른 아이가 완치가 되어 퇴원할 때마다 부러움에 목이 타들어 갔다.

"원장님! 우리 홍희 어디가 안 좋은 거지요?"

"글쎄요. 아직은 딱히 뭐라고 단언하기가 힘드네요. 언제부터 저렇게 아팠지요?"

"초가을에 약하게 저런 증세를 보이기 시작했어요. 전에 다니던 의원에서 감기증세라고 진단하고 치료해 주었는데 별로 호전되지 않아서 이리로 옮겨 온 거거든요."

"지금의 소견으로는 감기에 폐렴인 듯 싶은데 종합검진을 해보아야 확실히 말씀드릴 수 있겠습니다."

"그래주세요. 정밀하게 검사를 해 봐 주세요."

"가족 중에 감기환자가 있지는 않나요?"

"아니, 없어요."

이렇게 해서 홍희는 종합검진을 해보기로 했다. 그날 오후 간호사가 오더니 체온과 혈압을 재고, 소변과 혈액을 채취해

갔다.

그렇게 초조하고 불안하게 시간을 보내기 이틀, 수간호사가 내게 오더니 조용히 날 보자고 했다. 마침 잠이 든 아이를 옆 침대 보호자에게 맡기고서 아무 생각 없이 따라 나섰다. 그녀는 긴 복도를 지나 햇볕이 잘 드는 한 방으로 나를 안내했다.

"과장님! 최홍희 어머님이세요."

수간호사가 창문 옆 책상에 앉아 있는 의사에게 나를 소개했다. 나는 무엇인가 심각함을 눈치 챌 수 있었다.

40대 후반으로 보이는 의사는 한참 뜸을 들였다. 옆에 있는 수간호사도 난처해하는 표정이 역력했다.

영문을 몰라 눈만 동그랗게 뜨고 있는 나에게 과장이 어렵게 말문을 열었다.

"홍희 어머님, 홍희의 병실을 1인실로 옮겨야 되겠습니다."

"아니 왜요?"

"아이 혈액 검사결과 HIV 양성 반응이 나왔습니다. 그러니 일단 1인실로 옮긴 후 다시 한 번 정밀검사를 해본 후에 이야기를 하십시다."

"HIV가 무언데요?"

"……."

담당의사는 대답이 없었다. 도대체 그게 무엇인데 말을 못하는 것일까? 답답해진 나는 확실치 않아도 좋으니 짚이는 증상이 무엇인지 말해달라고 요구했다.

옆에 서 있는 수간호사는 조용히 침묵하고, 과장의 눈빛에서는 뭔가 심상치 않는 일이 생긴 게 분명해 보이는데 다시 말을 끊어 속이 타게 했다.

그렇게 잠시 뜸을 들인 후, 과장이 무겁게 입을 열었다.

"아이가 에이즈 바이러스에 감염된 것 같습니다."

"뭐라구요? 에이즈라구요?"

"아직 확실한 건 아닙니다. 두세 차례 더 검사를 해봐야 확실한 걸 알 수 있습니다."

"세상에 이런 일이……."

"2차 검사기관인 서울시 보건환경연구원에서 다시 한 번 검사를 받아봅시다. 그러니 우선 1인실로 옮기세요."

"……."

머리를 쇠망치로 맞으면 그럴까? 온 몸의 세포가 너덜너덜 풀려버리고, 피가 한 방울도 남김없이 발가락 끝으로 흘러나가는 느낌이었다.

'아닐꺼야. 그럴 리가 없어. 무언가 잘못된 게 틀림없어! 암, 그렇구 말구. 우리 홍희…… 우리 홍희가…….'

내가 스르르 무너지려 하자 옆에 있던 수간호사가 얼른 부추겨 주었다. 나는 끝내 부끄러움도 모른 채 바닥에 주저앉고 말았다. 어디서부터 무엇을 해야 할지, 머릿속이 하얘지면서 텅 비어져 왔다. 공황恐惶이었다.

'우리 홍희에게 어떻게 그런 일이……. 어떻게 그런 일이…… 어떻게…… 아직 어려서 누구와의 접촉도 없었는데…….'

나는 그저 에이즈는 한번 걸리면 인생이 끝나는 무섭고 부끄러운 병으로 알고 있었다. 그러나 그때는 부끄럽고 아니고가 문제가 아니었다.

'잘못된 거야. 이건 분명 잘못된 거야. 어찌 예쁜 홍희가 그런 끔찍한 병에 걸릴 수 있단 말인가. 꿈일 것이다. 지금 꿈을 꾸고 있는 거야!'

너무나 황당해서 아무런 생각을 해낼 수가 없었다. 정신을 차리려고 몇번이나 머리를 흔들어 보았지만, 그럴수록 머릿속은 더 뒤헝클어졌다. 의사와 간호사가 뭐라고 이야기를 하는데도 하나도 귀에 들어오지 않았다. 담당의사는 무언가 몇마디 더 이야기 해주었으나 하나도 기억할 수 없었다. 몸도 추스르지 못하고 제 정신이 아닌 나를 보고 의사는 당황하여 아이의 병실로 가서 안정을 취하고 있으라고 했다.

수간호사가 옆에서 부축하여 주어 겨우 홍희의 옆으로 온 나는 누군가로부터 전화가 걸려 온 것 같았는데, 건성으로 몇마디 하다가 끊어버렸다. 옆 침대의 아주머니가 왜 그러느냐고 묻는데도 대답을 한 마디도 할 수가 없었다.

그 사이 두세 시간밖에 지나지 않았는데 몇 년이 지나간 것 같았다. 안절부절하는 엄마가 심상치 않았던지, 잠에서 깨어난 홍희가 연신 올려다보았다.

'아가야, 불쌍한 내 딸 홍희야, 어쩌면 좋으니? 우리 이제 어떡하니?'

홍희와 눈이 마주치자 나도 모르게 두 줄기 눈물이 소리없이 볼을 타고 흘렀다. 나는 정신을 추스르지 못하고 풍선처럼 붕! 떠다니고 있었다. 그 사이 저녁밥이 나온 모양이었다. 배식하는 아주머니께서 언제 놓고 갔는지, 다 식은 식판이 침대에 장착된 식탁 위에 놓여 있었다. 나는 멍한 상태에서 겨우 홍희에게 저녁을 먹였다.

그렇게 또 얼마를 지났을까. 조금전 담당의사가 묻던 말이 생각났다.

"혹시 아이가 수혈을 받은 적 있나요?"

"없습니다."

"이건 아주 조심스런 이야기입니다만, 같이 사시는 가족분들 모두가 검사를 받아 보는 게 좋을 것 같습니다. 아이가 어떤 경로로 감염됐는지 확인해 보아야 하니깐요. 내일 모두 오시라고 하세요."

'그래, 어떤 경로로 감염되었을까? 어떤 경로……'

나의 머리 속에서는 의사의 그말이 마치 동굴 속에서 말을 하면 우렁우렁 반향되어 울리듯이 계속 맴돌았다.

나는 사람들이 없는 복도 끝 공중전화기로 가서 지방에 출장가 있는 남편에게 전화를 했다.

"홍희 아빠?"

"응 나야."

"여보! 어떻게 해. 어떻게……"

"왜 그래? 무슨 일이야?"

"여보!"

"왜 그러느냐구. 무슨 일 있어?"

"흑흑흑……."

"이봐! 왜 그래? 무슨 일이야?"

수화기 속에서 남편의 다급한 음성이 들렸다.

"우리 홍희 어떻게 해, 홍희 어떻게 해! 우리 홍희, 흐흑……."

"아니 이 사람이 왜 이러지. 홍희 엄마, 진정해요. 진정하고 말을 해야 알지. 나 참, 답답해 죽겠네!"

내가 울먹이며 말을 못하자 뭔가 이상하다는 느낌을 받은 남편이 계속해서 안부를 물었다. 꿈이었으면 좋으련만 그것은 틀림없는 현실이었다.

"홍희 아빠!"

"응, 왜 그래? 말해 봐! 속시원하게 이야기를 해! 이야기를……."

"……."

"왜 그러냐구? 말을 해야 알지."

"홍희 아빠, 우리 딸 홍희가 몹쓸 병에 걸렸대요."

"응? 그게 무슨 병인데?"

"치료가 안 되는 병이래요."

"그래, 그게 뭐냐구? 글쎄!"

"홍희가 에이즈에 감염이 되었대요. 아니 그게 말이나 돼요?"

"뭐, 에이즈?"

“예.”

“무슨 소리야. 에이즈라니……. 웃기지 마! 사람을 놀려도 그런 끔찍한 이야기로 놀리나?!”

“놀리는 게 아녜요. 정말이예요. 조금 전 내과 과장이라는 분이 그랬단 말예요. 저 지금 병원에 있어요.”

“아니 진짜야? 그게 확실해? 홍희 엄마, 확실하대?”

“예, 그런 것 같아요. 앞으로 두세 번 정밀 검사를 해보겠지만 지금으로서는 그렇대요.”

“아닐 거야, 무언가 잘못되었겠지. 내가 지금 바로 올라가서 자세히 알아볼 테니까 진정하고 있어! 알았지?”

“예.”

“지금 바로 출발할께.”

“아니에요. 오늘은 너무 늦었어요. 그리고 같이 사는 식구들 모두 검사를 받아야 한다니까 내일 집에 들러 어머니도 모시고 오세요.”

“알았어, 내가 알아서 할께. 전화 끊고 진정하고 있어. 알았지?”

“예, 알았어요.”

그렇게 전화를 끊고서 다시 병실로 돌아와 곤히 자고 있는 홍희의 손을 잡고 있으려니 또다시 눈물이 나왔다. 앞으로 우리 가족 모두 검사를 하면 어떤 결과가 나올지 생각하니 잠이 오지 않았다.

내 생애에 가장 긴 밤이었다. 그야말로 뜬눈으로 하룻밤을 보냈다. 누구의 잘못일까? 나일까, 애 아빠일까? 수혈한 적이 없는 홍희이니 1차 감염인은 나일 것이 분명했다. 그렇다면 나를 감염시킨 자는 누구인가? 과거, 에이즈에 관심을 두지 않았던 게 후회스러웠다.

새벽 5시가 채 못 되어 남편이 병원으로 왔다. 전화를 끊고서 바로 출발했으나 너무 피곤해 고속도로 휴게소에 차를 세우고 차 속에서 잠깐 눈을 붙이다 왔다고 했다.

마른하늘에도 벼락은 친다. 충격이 크면 클수록 마음은 신기할 정도로 담담해지는 모양이다. 나는 두뇌가 활동을 멈춰 버린 탓으로 계속 멍한 상태였다.

다음 날 아침, 업무가 시작되자마자 간호사가 우리를 데리러 왔다. 나는 홍희를 안고 남편과 같이 간호사를 따라 갔다. 간호사는 우리를 다시 어제의 그 내과 과장실로 데리고 가더니 거기에서 채혈을 했다. 나는 가슴만 콩닥콩닥 뛸 뿐 아무런 말도 나오지 않았다. 남편도 그랬다.

나는 우리 두 사람에게는 아무런 문제가 없기만을 간절히 기원했다.

나의 뱃속에는 또 하나의 생명이 자리를 잡고 있었다. 만약 잘못되면 우리 가정에 불행의 그림자가 하나 더 다가서는 것이다. 암담한 시간은 한 치의 어긋남 없이 지나갔다.

그 한 귀퉁이에서 바보들의 행진이 시작되고 있었다. 신마저 외면해 버린 질곡의 늪 속에서.

시련

다시 다음 날, 어머니께 홍희를 보러 오시라고 전화를 했
다. 어머니도 혈액검사를 해보아야 한다는 의사의 말씀 때문
이었다.

사정을 모르시는 어머니는 홍희를 보시자 안타까워 혀를 차
셨다.

"어디가 아프다냐? 원, 어린 것이 살이 다 빠졌네. 도대체
무슨 병이라냐?"

그런 모습을 보는 내 가슴도 미어졌다. 거기에다 갑자기 혈
액검사를 하자고하면 놀라실 것 같아 차마 말씀을 드릴 수 없
었다.

그래서 어머니는 병실에서 홍희를 보고 계시라고 하고 내과
과장을 만났다. 그 분은 늘 바쁜 분이라서 출근하는 때에 맞

취 방문 앞에 지키고 서 있다가 따라 들어가 그의 방에서 대화를 시작했다.

"어머니 오셨습니까?"

"네! 아기 병실까지는 오셨는데 이리로는 모시고 오지 않았습니다. 연세가 많으신 어머니께서 충격을 받으실까 걱정되어서요. 함께 살기 시작한 지 얼마되지 않았는데 검사를 꼭 해야 하나요?"

"그래도 검사는 해보는 것이 좋을 것입니다. 바로 어머니를 위해서 그렇습니다. 있다가 간호사를 보내겠습니다. 그건 그렇고, 아이 아빠는 무슨 일 하세요?"

"백화점 마케팅 부서에서 일하고 있습니다."

"아, 네에!"

과장은 고개를 갸웃거렸다. 이상하다는 뜻일 게다. 이상한 것은 나도 마찬가지였다.

"아이가 어떤 경로로 감염이 되었는지가 아주 중요합니다. 그러니까 다시 강조하지만 함께 사는 가족은 모두 검사를 받아 보아야 합니다."

"네, 알겠습니다.

나는 몇 가지 물어보지도 못하고 그곳에서 나왔다. 다리가 떨렸다.

예정대로 간호사가 와서 어머니의 혈액도 채혈해 갔다.

"무슨 일이라냐? 왜 피를 빼가?"

"병원에 온 김에 검사 한번 받아 보시라구요. 어머니도 이제

연세가 있으시니 한 번 쯤 검사를 받아보시는 게 좋아요."

나는 자꾸만 목이 메어 왔으나 애써 태연을 가장하고 또박 또박 말씀드렸다.

오후에 다시금 나를 부른 과장은 앞으로의 일정에 대해서 설명했다.

"홍희 어머니, 무척 당혹스럽지요? 아이의 병세가 미심쩍어 혹시나 하는 마음에서 혈액 검사를 해본 건데, 이렇게 판명이 난 것입니다."

"부끄럽습니다."

"아니에요. HIV의 감염은 생각지도 않은 곳에서 이루어질 수 있습니다. 그러니 확실한 것은 가족 모두가 정밀검사를 하여 보아야 알 수 있습니다. 그런데 현재 저희 병원에선 이런 병을 정확히 검사하고 치료할 시설이 갖추어 있지 않습니다. HIV 치료가 가능한 전문병원을 소개해 드리겠습니다."

"감사합니다."

"그래서, 저희 병원에서는 일단 퇴원을 하는 게 좋겠습니다. 이제는 제가 소개해주는 병원의 처방에 따르시기 바랍니다. 가족 검사 결과는 나오는 대로 알려드리겠습니다."

"고맙습니다. 그간 도와주심을 잊지 않겠습니다."

그는 자신의 명함 뒷면에 병원이름과 담당의사의 성함을 써 주었다. 또한 남편의 핸드폰 번호와 집 전화번호를 자기 메모지에 적었다. 나는 남편의 시골집으로 가서 얼마간 쉴 계획이 었으므로 그곳의 전화번호까지 알려 주었다.

홍희의 퇴원수속을 끝내고서 짐을 챙겼다. 홀가분한 퇴원이
아닌 불가피한 퇴원이기에 마음이 무거웠다. 홍희 아빠는 옆
에서 거들기는 하면서도 전혀 말이 없었다. 그의 양 어깨는
천 근의 쇠라도 매달은 듯 축 늘어져 있었다. 앞으로의 일이
막막했다.

집으로 돌아온 남편은 어머니께 홍희의 기관지가 안 좋아서
공기가 맑은 시골에 가서 당분간 쉬게 하려고 하니 어머니께
서는 큰누나 집에 계시라고 말했다.

다음날, 남편은 직장에 이틀간의 휴가원을 내고 어머니를
큰누나 집에 모셔다 드렸다. 그리고 남편의 고향 시골집으로
내려갈 준비를 했다.

남편은 자기가 몰고 다니는 봉고차의 뒷 자석을 방처럼 꾸
몄다. 나와 딸아이를 위한 배려였다. 바닥을 방처럼 꾸미니
여행하기가 편했다. 조금씩 흔들리는 차 안에 누워 가벼운 담
요를 덮고 누우니 마치 요람같았다. 그러나 흔들리는 차 속에
서 설풋 잠이 들면 잡꿈이 꼬리를 물고 일어섰다.

남편의 시골집은 공주시 변두리에 있었다. 나는 당분간 그
곳에서 머물며 안정을 찾기로 했다.

시가媤家는 선대로부터 지금까지 농사를 지으며 그저 평범하
게 살아온 집안이었다. 동네 곳곳에 최씨 일족들이 두루 살고
있어서 외롭지는 않았다. 그러나 우리는 남모르는 응어리를
감추어야 했으니 외부인과의 잦은 접촉은 피했다.

식사를 해도 소화가 잘 되지 않았다. 예전에는 아름답게 보

이던 어떤 것도 이제는 비감悲感으로 다가왔다.

다음날 남편은 서울로 올라갔다. 나는 활력을 찾으려고 노력했다. 그러나 이미 무너져 내린 가슴에서는 칼칼한 먼지만 날렸다. 매사에 의욕이 일지 않았다.

검사 결과를 기다리는 숨 막히는 시간이 지나갔다. 그동안 전화 벨소리만 울리면 소스라쳐 놀라기를 수없이 했다. 벨소릴 기다리면서도 울리지 않기를 바라는 이율배반적 심사가 가슴속에서 갈팡질팡 했다.

춘치자명春雉自鳴, 즉 봄철의 꿩은 스스로 운다는 말처럼 행여 전화기 스스로 울리는 것은 아닐까 하는 망상에 빠지기도 하였다.

슬픈 예감은 유행가 노랫말처럼 틀리지 않았다.

그러던 어느날 점심 설거지를 마치고 시계를 보니 오후 2시를 넘어서고 있었다. 그때 갑자기 전화 벨소리가 방안을 가득 채웠다.

"안녕하세요. 홍희 어머니이시죠?"

"네 그렇습니다."

"병원입니다. 우리 병원에서 1차 검사한 결과 할머니는 빼고 두 분 모두 양성으로 나왔습니다. 유감입니다."

"……."

"그래도 서울시 보건환경연구원에서 2차 판정을 하게 되니까, 아이 아빠와 그곳에 가셔서 다시 검사를 받아보기 바랍니다. 이번에도 할머니까지 모시고 같이 가도록 하세요."

"그곳은 어디에 있는데요?"

"서초구 양재동에 있습니다. 그리고 아이는 이미 환자로 전이가 된 상태이니 바로 치료를 받으시는 것이 좋겠습니다. 제가 써드린 소개서 갖고 계시죠?"

"예."

"홍희 어머니, 너무 겁먹지 마시고 차분하게 대처하세요."

"감사합니다."

"더욱이 홀몸도 아니시잖아요. 요즘은 좋은 약들이 많이 나와 많은 도움을 주고 있으니 열심히 치료하시기 바랍니다."

"고맙습니다."

"그럼 이만 끊겠습니다. 홍희 어머니, 힘내세요!"

결과는 생각했던 그대로였다. 아이의 병은 우리 부부가 아니고서는 달리 감염 될 경로가 없었다. 그럼 우리 부부는 어디서 감염되었을까?

우선 나 자신부터 곰곰이 생각해 보았다. 아무리 생각해도 짚이는 게 없었다. 내가 처녀 적에 사귄 남자는 서광옥 한 사람뿐이었다. 하지만 그 사람과는 키스 몇 번 나눈 일밖에 없었다. 그럼 그 병이 혹시 키스로도 감염되는 걸까? 타액으로? 설마……. 그 일 말고는 수혈도 받은 적이 없으니 달리 의심 될 만한 일이 없었다. 그렇다면 홍희 아빠가? 나는 더 이상 생각하는 것이 두려웠다. 홍희 아빠, 홍희 아빠가……? 안 돼! 그럼 안 돼! 나는 차라리 그 굴레를 내가 쓰는 게 나을 것 같았다.

홍희가 불쌍했고, 내 젊음이 억울했다. 홍희의 얼굴을 들여다보니 눈물이 흐르기 시작했다. 조용히 흐르기 시작한 눈물은 온몸의 수분을 다 짜냈다.

얼마나 울었는지 머리가 아파왔다. 저녁 어스름이 가까운 산을 지우며 다가 올 무렵에야 간신히 몸을 가다듬을 수 있었다. 나는 나도 모르게 기도를 했다.

'창조주 신이시여, 조금만 울게 하소서. 우는 것도 업보이옵니까? 다시는 이 세상에 태어나지 않으렵니다. 다시는 눈물이 있는 곳에는 태어나고 싶지 않습니다.'

인간이 이 세상에 태어나기 전에 머물던 세상은 천국이었을지 모른다. 그곳에서 너무도 행복하고 평화로워서 싫증을 느낀 생명체들이 자신들의 삶에 고통과 아픔, 슬픔과 괴로움을 엮어 이 세상에 와서 한번 살아보기로 한 것이 아닌지……. 그렇다면 지금 우리들의 삶은 그들의 뜻대로 이루어지는 드라마다.

그렇다. 이 세상은 진실이 아닌 허구다. 연극이다. 나는 누구이고, 당신은 내게 누구인가? 나는 극중 인물이고 당신은 나의 상대역일 뿐이다. 그저 맡은 역할만 해내면 되는 연기자다. 나와 내 가족이 이렇듯 슬픈 경험을 하는 것은 시나리오에 의한 것일 뿐이다. 아주 특별한 꿈속의 드라마고, 그렇게 예정된 것이다. 모두 허구다.

그래도 그렇지, 우리 홍희가 죽음을 인정할 수 있을까? 세상을 알기도 전에 막이 내리면 허망해서 어쩌나? 미완성으로 떠나는 우리 홍희에게 무슨 말을 하면 위로가 될까? 십자가는 내가 지고 갈 테니, 먼저 가서 이 어미의 길을 예비하라고 할까?

밤새도록 망상에 시달리던 나는 날이 밝아지자 짐을 챙겨 서울로 향했다. 가족의 이상 유무가 확인된 이상 머뭇거릴 이유가 없었다. 일단 서울 집으로 가서 대책을 강구하기로 했다. 물론 아이의 치료도 급했다.

귀경하는 차안에서 나는 마음만 급했다.

달리는 차창 밖으로 흰 눈발이 하나 둘 내리고 있었다. 여느 때 같으면 마음이 설렐 분위기였지만 가슴속에는 시커먼 재만 가득했다.

허망했다. 우리 가족이 영원한 낙오자요, 실패자요, 구제 불능이 된다고 생각하니 막막하기만 했다. 어디서부터 무엇을 어떻게 풀어내야 한단 말인가? 달리는 차에서 뛰어내려 산산이 부서져 버렸으면 싶었다. 갈등 속에서 헤매기 세 시간 만에 서울에 닿았다.

홍희의 입원

　우리 가족이 에이즈 감염인이라는 것을 확인하자 제일 두려운 것이 주위 사람들의 시선이었다. 나 역시 에이즈 환자라고 하면 우선 불결한 사람이라는 선입견을 가지고 있었다. 그런데 내가, 우리 가족이 감염인이라니…… 청천벽력이었다.

　생명이 끝날 때까지, 아니, 세상을 떠난 후에도 쏟아질 조소와 비난을 생각하니 몸서리가 쳐졌다.

　에이즈 환자는 외계인도 아니요, 뿔 달린 짐승도 아니다. 그런데도 비웃음 속에서 죽어야 한다.

　서울로 돌아 온 나는 배가 조금씩 불러와 힘이 들었으므로 어머니를 다시 오시게 했다. 치료는 우리 두 사람보다 홍희가 더 급했다. 가족 모두가 지금의 의학으로서는 사면이 안 되는 사형선고를 받았기에 기대할 수 있는 건 아무것도 없었다.

　나는 이 병에 대하여 구체적으로 아는 것이 없었기에 죽을 병에 걸렸다는 비관에만 사로잡혔다. 물론 누구에게 터놓고 애기도 할 수 없었다.

　우리 부부는 의논한 끝에 같은 집에서 거주하는 어머니께는 사실대로 말씀드리기로 했다. 그러나 우리 부부까지 감염되었다는 이야기는 차마 하지 못했다. 너무 큰 충격을 받게 되면 어떤 일이 발생할지 염려되어서 였다.

　홍희의 병명을 알려드려도 에이즈가 무슨 병인지 모르시는 어머니는 딱 한마디 말씀 외에는 더 이상 묻지를 않으셨다.

　"피만 섞이지 않으면 괜찮다는 거지?"

　남편은 백화점 일을 그만두었다. 병명이 알려지는 것을 두려워해서였다. 당장 수입원이 끊기니 앞으로 살아갈 일이 걱정이었다.

　세상이 미웠다.

　우리 식구, 어머니까지 넷이서 함께 조용히, 그리고 깨끗하게 죽을 수만 있다면 좋겠다는 못된 생각이 자꾸 들었다. 그이와 나, 둘 중 누군가의 부끄러운 잘못이 드러나는 것도 두려웠다. 그러나 이미 우리 가족의 운명이 굳어진 이상 누구를 미워하고 원망하는 것도 부질없는 일일 것이다.

　나는 조금씩 나라도 빨리 안정을 찾아야겠다는 생각이 들었다. 순간순간 밀려오는 절망감에 쓰러지지 않음이 다행이었다.

　그해가 다 갈 무렵, 거리가 성탄절을 맞는 기쁨으로 출렁일

때, 우리 부부는 홍희를 안고 서둘러 전에 병원에서 소개해 준 A병원을 찾아갔다. 넓고 큰, 그러나 나에게는 낯설기만 한 병원이 더욱 초조하게 했다. 그러나 모두가 병자와 의사뿐인 병원인지라 부끄러움은 접기로 했다. 입구의 안내 데스크에서 물어 찾아간 감염내과 과정에게 소개서를 내밀었다.

과장은 50대 초반으로 보이는 점잖고 자상해 보이는 분이었다. 그의 방 책상 위에서는 '의학박사 문도윤'이라는 팻말이 한껏 위엄을 부리며 놓여 있었다.

그런데 왜일까? 그분을 보자 눈물이 나왔다. 말을 대신한 눈물이었다. 가슴속에 뭉텅이로 쌓였던, 그래서 누구에겐가 털어놓고 싶었던 하소연이 눈물 되어 나온 것이리라.

홍희를 안고 석상처럼 묵묵히 서 있는 남편은 감정을 상실한 사람처럼 무표정이었다. 그렇게 한참동안 말도 제대로 못 잇고 울고 있는 나를 문 박사는 조용히 타일렀다.

"엄마가 강해야 아이도 힘내서 치료를 받죠."

"……."

"우선 아이 입원수속부터 하시죠."

"네."

고개를 끄덕이며 일어서는 나를 본 문 박사는 나의 불룩 나온 배를 보고서 놀라는 표정이었다. 그도 그럴 것이 에이즈 가족의 수태라니, 어느 누군들 놀라지 않으랴.

그때 난 둘째를 뱃속에 둔 6개월짜리 임신부였다.

문 박사는 무언가 물어보려다가 그냥 자기 책상으로 가 앉왔다.

나는 입술을 사려 물었다. 강해져야 했다. 울음을 참는 것도 연습해야 했다.

입원 수속을 하러 원무과로 갔던 남편이 돌아오더니 며칠을 기다려야 한다고 했다. 우리는 그냥 집으로 돌아올까 하다가 다시 문 박사에게로 갔다. 문 박사는 수간호사로 보이는 간호사를 불러 뭔가를 상의하더니 그 간호사를 따라가라고 했다. 우리는 응급실 옆방으로 안내를 받았다.

그곳에는 현미경과 각종 실험용 도구가 진열되어 있었다. 수도꼭지가 있는 싱크대 옆의 장에는 의료용구와 주사기들이 가득했다. 그 맞은편으로는 어린이용 침대와 의자가 정갈하게 배치되어 있었다.

잠시 후 간호사 한 명이 주황색 비닐 봉투를 들고 들어와 휴지통 속에 깔면서 말했다.

"안정이 필요할 것 같아서 조용한 곳으로 모셨습니다."

"고맙습니다."

"여기서 나온 쓰레기는 저희가 지정해 드린 봉투에만 버리세요."

"예, 잘 알겠습니다."

"그리고 연락할 일 있으시면 이 벨을 눌러 주세요."

"그럴게요."

신경 쓸 일이 많다는 생각을 하며 아이를 침대에 뉘었다.

뱃속의 아이는 어찌 되었을까? 감염이 되었을까? 만일 감염 되었다면……? 세상에 부모가 물려줄 게 없어 그런 끔찍한 병을……. 나도 모르게 신음이 흘러나왔다.

홍희 또한 기력이 쇠진하여 너무 가여웠다.

이 하늘 아래 태어나 예쁜 꽃 한번 피우지 못하고 먼저 가려 하는 홍희에게 내가 해줄 수 있는 것이 아무것도 없어 너무 안타까웠다.

인턴이 들어와 홍희에게 링거 주사바늘을 꽂기 위해 애를 썼다. 혈관이 약해서 여러 번을 실패하더니 한참 후에야 겨우 바늘을 꽂은 젊은 그는 '후'하고 긴 숨을 내쉬었다. 한창 때인 젊은이가 그럴진대 어린 홍희는 얼마나 고통스러웠으랴. 홍희는 자지러지게 울어댔다. 그러다가 지쳐 링거 주사기를 꽂은 채 그대로 잠이 들었다. 꿈을 꾸는지 잠든 홍희의 눈자위가 씰룩거렸다. 어린 홍희에게는 너무 가혹한 형벌이었다.

'홍희야, 엄마에게는 너보다 귀하고 아름다운 것은 이 세상에 없단다. 그런 네가 이렇게 아프다니 엄마의 마음이 너무 아프구나. 사랑하는 딸아, 사랑은 눈물인가 보다. 엄마가 너를 사랑하는 만큼 눈물이 나는 거란다. 언젠가 다시 태어나거든 이런 고통 없는 세상에 태어나거라. 너의 영혼을 거두어 갈 신께 그렇게 해 주십사 하고 기도하마!'

- 1999년 9월 27일

정식 병실이 아니어서 그런지 보호자용 간이침대가 없었다.

밤이 되자 나는 홍희 침대 옆에 의자를 나란히 붙여놓고 새우
잠을 억지로 청했다. 나마저 쓰러지면 우리 홍희를 누가 지켜
줄 것인가.

아침은 누구에게나 공평하게 찾아왔다. 그러나 마음이 무거
운 것은 어쩔 수가 없었다.

아침 식사를 끝내고 일과가 막 시작되자 예쁘장한 간호사가
들어와 문 박사가 우리 부부를 보잔다고 했다. 나는 급히 남
편에게 전화를 걸어 함께 문 박사에게로 갔다.

"앉으세요! 병원 생활에 고생이 많지요?"

우리가 내과 과장실로 들어서자 책상 위에서 무언가 서류를
보고 있던 문 박사가 안경을 벗어놓고 우리를 향해 회전의자
를 돌려 앉으며 말했다. 우리는 옆에 있는 상담용 철제의자를
끌어다 앉았다.

"배려해 주신 덕택에 잘 지내고 있습니다."

"배려는 무슨……. 에이즈에 대해서 알아 두셔야할 것이 있
어서 설명해 드리려고 불렀습니다. 혹 그 사이에 에이즈에 대
해서 알아보시지는 않으셨나요?"

순간 나는 숙제를 안 한 학생처럼 당황하였다. 그것이 우리
가족 모두의 운명을 바꾸어 놓을 만큼 중요한 것인데도 경황
없이 시간을 보내다보니 그것에 대해서 알아보려는 생각을 미
처 못하고 있었다. 나는 주눅이 들어 고개를 숙이면서 남편의
얼굴을 힐끗 바라보았다. 남편은 요즈음 계속 그랬던 것처럼
여전히 무표정한 얼굴이었다. 나는 모기소리로 대답했다.

"죄송합니다. 미처……."

"아닙니다. 죄송하긴요. 그럴 경황이 없었겠지요. 그럴 겁니다. 보통 사람은 에이즈에 감염되었다고 하면 사형선고 받은 걸로 생각하고 자포자기해버리지요. 그러나 그건 대단히 잘못하는 겁니다. 이 세상에 생명보다 더 존귀한 것은 없습니다. 바꾸어 말하면 그 어떤 것도 자기 생명보다는 못한 것입니다. 찬찬히 생각해보세요! 이 세상은 자기가 살아 있음으로 해서 비로소 존재하는 것이지, 자기가 죽어 없어지면 무슨 의미가 있겠습니까? 따지고 보면 고통이라는 것도 즐거움이 됩니다. 왜냐하면 살아있어야 고통도 느낄 수 있는 것이니까요. 인생은 이렇게 그 바닥부터 이해해야 비로소 그 맛을 아는 겁니다."

나는 문 박사가 내 생각의 행로를 훤히 들여다보며 이야기하는 것 같아 흠칫 두려운 생각이 들었다. 그러나 그는 나의 그런 태도에는 아랑곳없이 마치 철학을 강의하듯 자못 진지하게 계속했다.

"두 분께서 겉으로 내색은 안 하시지만 지금쯤 마음속에서 일어나는 갈등 때문에 힘들 거라고 생각합니다. 그러나 그건 사람이기 때문에 응당 겪게 되는 통과의례라고 생각하시면 됩니다. 왜 옛 어른들이 그러잖아요. 인생을 살다보면 산도 넘고 물도 건너야 된다고……. 언뜻 아무나 할 수 있는 대수롭지 않은 말 같으나 그렇지 않습니다. 그것은 많은 사람들이 겪은 축적된 경험을 한마디로 표현한 심오한 가르침인 것입니다. 두 분도 지금의 현실을 그 과정이라고 생각하고 마음과 생각부터 튼튼하게 다듬어야 병마와 싸울 수 있습니다."

그는 책상 한켠에 있던 물컵을 들고 다시 말을 이었다. 그러나 이야기하는 데에 너무 열중한 나머지 물을 마시지도 않고 들었던 컵을 그대로 다시 내려놓았다. 나는 왠지 그가 재미있는 분이라는 느낌이 들었다.

"지금까지는 서론이고 이제 본론에 들어갑시다. 에이즈란 Acquired Immune Deficiency Syndrome의 머리글자를 따 AIDS라 하는 것이고, 우리말로 하면 후천성면역결핍증이라고 하지요. 이 말은 들어 보신 적 있지요? 네, 그래요. 이 말을 들어보신 적은 있더라도 구체적으로 자세히 알지는 못했을 겁니다."

그는 자기가 물은 말에 우리가 대답할 기회도 주지 않고 자신이 대답하며 계속 설명했다.

"여기서 후천성이라고 하는 말은 선천성의 반대개념으로 유전이 되지 않는다는 것을 말합니다. 그리고 면역결핍증이라는 말은 인체내의 면역세포가 파괴당하여 외부로부터 침입해 오는 병균을 방어하지 못하는 상태를 말하는 것입니다. 다시말해 체내의 면역기능이 떨어져 각종 세균과 곰팡이, 그리고 바이러스나 기생충 등이 어떤 제재도 받지 않고 침입, 증식함으로써 발병하는 모든 증상들을 총칭하는 말입니다."

그는 다시 물컵을 만지작거렸다. 나는 개구쟁이 소년처럼 그가 언제 물을 마실까 궁금해졌다.

'아니! 내가 무슨 한가한 생각을 하고 있는 거야.'

나는 스스로 놀라 쓴 웃음이 나왔다. 그의 눈을 똑바로 응시하고 한마디의 말도 흘리지 않고 듣기 시작했다.

그는 다시 물컵을 그대로 내려놓았다.

"에이즈라는 말 말고 비슷한 다른 뜻으로 HIV라는 말이 있습니다. 이 말은 우리말로 인간면역결핍 바이러스라고 하는데 이것이 바로 에이즈를 일으키는 원인 병원체입니다. 그러니까 이 놈이 우리 인체 내에 침입하여 면역체계를 파괴시키는 원흉 바이러스지요. 이 HIV는 1차로 발견되었던 1983년이나 2차로 발견되었던 1986년 무렵에는 발견된 지 3년에서 5년 사이에 감염인을 사망에 이르게 하는 높은 치사율을 가지고 있었으나 최근에는 평균 10년이 넘어야 발병하는 활동이 느린 바이러스로 바뀌고 있습니다."

그는 마치 강단에서 많은 학생들을 상대로 강의하듯 목소리에 힘을 주며 설명했다. 남편은 손가락 한 번 움직이지 않고 굳어진 석상처럼 듣고 있었다.

"그러면 HIV 감염인과 에이즈 환자와의 차이점이 무엇인지 궁금하지 않아요? 궁금하지요? 그건 뭐냐하면……."

문 박사는 또 물음을 던졌다가는 자기가 주워 담았다.

"HIV 감염인이란 HIV가 인체 내에 침투하여 T림프라는 곳에 자리잡고 있지만 일정한 면역지수를 유지하여 별다른 증상을 보이지 않는 건강한 사람을 말하고, 에이즈 환자란 HIV에 감염되어 오랜 시간이 지나 면역지수가 떨어짐으로써 각종

균에 감염된, 즉 발병한 사람을 말합니다. 그러니까 HIV에 감염되었다가 에이즈 환자가 되는 겁니다. 그러면 감염된 후부터 발병하기까지 기간이 궁금하지요? 네, 궁금하실 겁니다. 그건 사람에 따라 차이가 많습니다. 빠른 사람은 감염된 지 1, 2년 안에 발병하기도 하고, 감염된 지 18년이 되어도 그대로 있는 사람도 있습니다. 일반적인 통계에 따르면 감염인의 50% 정도는 10년 정도에 발병하고, 15년 후에는 75%정도가 발병하는 것으로 나와 있습니다. 그러나 최근에는 여러 가지 치료제가 개발되어 발병을 많이 억제시킬 수 있습니다. 그리고 앞으로는 더욱 활발한 연구가 진행될 것이므로 머지않아 퇴치할 수 있을 것으로……"

그때 조심스런 노크소리가 문 박사의 열변을 끊었다. 그리고 우리를 안내했던 간호사가 들어오더니 말했다.

"과장님! 1203호 환자가 복통이 심하다고 합니다."

"그래요? 그럼 가봐야지. 알았어요. 금방 갈께……"

문 박사는 그때서야 컵의 물을 마셨다. 그리고는 한마디 더 했다.

"에이즈는 암보다도 열 배는 더 오래 살 수 있습니다. 또한 암과는 달리 발병의 원인이나 전파경로 등을 추적할 수 있어 대처하기도 그 만큼 쉽구요. 그러니 에이즈의 예방은 에이즈 바이러스의 특성을 알고 주의만 잘 한다면 감기보다 더 쉽다고 할 수 있습니다. 그러나 한번 붙은 꼬리표는 현재로서는 떼어내기가 좀 어렵습니다. '베를린 환자 같은' 아주 특별한 경우가 있긴 합니다만 그에 대한 설명은 다음 기회에 하겠습니다.

암 환자는 이름을 떳떳이 밝히지만, 에이즈환자는 그렇지 못합니다. 감염 경로의 수치스러움 때문이지요. 자! 오늘은 여기까지 하고 또 시간 있을 때 이야기 합시다. 어때요? 내 강의. 이래뵈도 옛날 대학에서 강의할 땐 인기 많았었습니다."

그는 오랫동안 우리를 꼼짝 못하게 벌을 세운 것이 미안했던지 조크를 던지며 일어섰다.

다음날, 우리가 정식 1인 병실로 옮기자 문 박사가 들어왔다. 그는 항상 부드러운 미소를 얼굴 가득 담고 다녔다.

"아이의 증세상 부득이 1인실을 써야 할 것 같습니다. 다인실을 써도 상관이 없지만, 다른 환자 보호자 분들이 이를 아신다면 불편해 하겠지요. 또 1인실을 써야 홍희나 홍희 부모님도 부담이 없을 거구요."

"고맙습니다."

"홍희, 이름 어감이 곱네요."

"감사합니다."

"홍희 아빠도, 엄마도, 마음을 굳게 가지세요. 우리 주변에서는 불의의 사고로 무수한 생명들이 준비도 없이 죽어가고 있습니다. 그러나 우리 홍희는 지금은 비록 시한부 생을 살고 있다고 하지만 머지않아 극복될 수 있다는 희망을 가지시고 힘내세요!"

"네."

　그분의 말 한마디 한마디가 무척이나 고마웠다. 특히 '우리 홍희'라는 말에 나는 울컥 가슴이 저렸다. 그만큼 문 박사도 홍희에게 애정을 쏟고 있었다.

　원래 여고시절부터 감수성이 풍부했던 나는 그저 말 한마디에도 잘 울고 잘 웃는 성격이었다. 슬픔과 기쁨은 눈물샘을 같이 쓰는 모양이었다.

　살아보자. 이보다 더 나빠지지는 않겠지. 극과 극은 서로 통하고, 공은 바닥에 세게 부딪칠수록 더 높이 튀어 오르는 법이니까.

수 모 의 터 널

　문 박사는 우리 부부에게 다음 날 점심식사 후에 한번 더 자기 방으로 오라고 하고 돌아갔다. 에이즈에 더 대해서 설명해주겠다는 것이었다. 다음 날 우리 부부는 문 박사의 연구실로 찾아갔다.

　"잘 오셨습니다. 앉으세요."

　우리 부부는 어제처럼 마주하고 앉았다.

　"불편해 하지 마시고 편한 마음으로 들으세요. 에이즈는 일반인들이 알고 있는 것과는 좀 다릅니다. 물론 지금까지 그 치료약이 개발되지 않은 것은 사실이지만 몇 가지만 주의하면 그렇게 쉽게 감염되지 않습니다. 에이즈는 어제 말했듯이 언젠가는 극복될 것입니다. 혹자는 신이 내린 형벌이라고 말하기도 하나, 전혀 그렇지가 않습니다. 또 에이즈 감염인은 감시하고 격리해야 할 대상이 아닙니다. 오히려 그들을 격려하며 편견과 차별을 버리고 진정한 이웃으로 대해야 합니다.

이 병은 몇 가지만 주의하면 함께 생활해도 아무 이상이 없습니다. 이를테면, 함께 식사를 하거나 만지거나 하여도 전혀 전염이 되지 않습니다. 홍희 할머니도 그렇지 않습니까? 그렇지요? 네, 그렇습니다. 에이즈 감염원은 사람의 혈액과 정액, 그리고 질분비액에 한정되어 있으므로 이것만 피하면 됩니다.

그런데도 편견과 차별 때문에 병명을 감추게 되고 자신을 숨기려고들 합니다. 그러나 두 분께서는 앞으로 얼굴을 드러내고 자신들의 삶을 당당하게 가꾸며 사십시오."

그러나 나는 검사를 받을 때마다 느껴지는 불편한 시선들은 정말 감당하기 힘들었다.

치료받으러 온 환자인데도 마치 죄 짓고 벌 받는 기분이었다.

우리 가족의 병명에 대해서 아는 사람들은 우리 가족, 특히 나하고 딸아이가 지나만 가면 뒤에서 수군거렸다.

한번은 간호사실에서 간호 실습생들이 내가 지나가는 줄도 모르고 우리 이야기를 하고 있었다.

"16호실 아이 아빠는 뭐하는 사람이야?"

"글쎄."

"아이는 어떻게 감염된 거래?"

"수직감염이래."

"그러면 애 엄마가?"

“뻔하지 뭐.”

화 나는 대로 하면 당장 쫓아가 ‘뭐가 뻔하냐’고 따지고 싶었지만. 듣지 못한 척 참아야 했다. 그리 해 보아야 내 가슴속의 상처만 확인할 뿐, 소득은 하나도 없을 것이었다.

그들은 그렇게 희희낙락거리다가 그들 중 한 사람이 지나가는 나를 보았던 모양이다. 바람을 쏘이려 병동을 한 바퀴 돌고서 병실로 들어가니 아까 그 간호사들 중 하나가 먼저 들어와 있었다. 그녀는 내 눈치를 살피면서 뭐 불편한 것 없느냐고 물었다. 없다고 말하자, 어색해 하며 나갔다. 나의 반응을 살피러 온 게 분명했다.

나는 홧김에 병동 벽면에 있는, 환자들이 병원에 대해서 불만 사항을 적어내는 쪽지를 한 장 빼들고 들어왔다. 그러나 막상 적으려 하는 내 자신이 비참해져서 그냥 갈기갈기 찢어버렸다. 내 마음도 갈기갈기 찢어지는 기분이었다. 왜 하필 내가 이 몹쓸 병에 걸려 이런 수모를 받는지 정말 속상했다.

병원 의사들조차도 에이즈 상식에 무지하거나 진료를 기피하는 경우가 있다고 하니, 일반인의 인식은 어떻겠는가? 한 조사에 의하면 일반인들의 48%가 에이즈 감염인은 격리되어야 한다고 응답했다고 했다. 또 자기 집 근처에는 에이즈 치료 병원을 못 세우게 하겠다가 42%, 감염인이 다니는 학교에 자기 자녀를 못 다니게 하겠다가 50%로, 모두가 유럽인들에 비해 다섯 배나 많다고 했다.

그날 밤, 병원에서 돌아온 나는 에이즈에 대해서 알아본 게 있냐던 문 박사의 말이 떠올라 컴퓨터 앞으로 다가 앉았다. 먼저 인터넷으로 들어가 무심코 포털사이트 한 곳을 열었다. 그러자 대뜸 누군가 에이즈라는 영문을 가지고 사행시를 지어 올려놓은 것이 떠올랐다.

'에이(A) 이(I) 더러운(D) 새끼(S)야.'

내가 정상인이었다면 재치 있다고 칭찬을 해주었겠지만 그럴 기분이 아니었다. 마우스를 움직여 에이즈 정보센터를 열었다.

에이즈에 관련된 정보들이 화면 가득히 떠올랐다. 나는 먼저 지금 내 뱃속에서 자라고 있는 둘째가 염려되어 임산부와 관련된 항목을 검색하기 시작했다.

산부인과에서는 처음 임산부에 대한 검사시 의무적으로 에이즈 검사도 함께 하는가?

반드시 에이즈 검사를 의무적으로 하는 것은 아니다. 그러나 최근에는 기본검사항목으로 에이즈도 함께 포함하는 경우가 많아지고 있다. 태아의 안전을 위해서는 산모의 감염사실을 미리 아는 것이 매우 중요하기 때문이다. 또한 의료진의 안전을 위해서도 필요하다.

현재 아무 조치를 하지 않았을 경우에 감염된 산모로부터 태아에게 감염될 확률은 30%정도로 보고 있다. 그러나 출

산 전에 산모의 감염사실을 알면 예방적으로 약제를 투여하
여 이를 10%이하로 줄일 수 있다. 특히 태아는 보통 탯줄
을 통하거나, 출산할 때 산모의 혈액을 통하여, 그리고 출
산 후 모유를 통하여 감염되지만 미리 그 사실을 알고 있다
면 치료제를 투여하거나, 출산 시 주의를 하여 산모의 혈액
이 아이에게 접촉되지 않도록 하거나, 모유를 먹이지 않는
등 감염경로를 차단함으로써 수직감염을 어느 정도 예방할
수 있다.'

여기까지 읽은 나는 가슴을 쳤다.
'그렇다면……. 그렇다면 우리 홍희도 무사할 수 있었는
데……. 처음의 병원에서, 아니 부모의 무지로…….'
나는 안타까움으로 가슴이 쓰려오기 시작했다.

'오! 가엾은 홍희야. 미안하다. 정말 미안해. 엄마가 조금만
더 일찍 관심을 가졌더라면…… 아니지. 네 아빠가 조금만
더……. 아니 그것도 아니야. 네 아빠에게도 에이즈에 대해서
알아 볼 기회나 동기가 주어지지 않아 그리 된 거야. 그렇다
면 병원에서는 무얼 했을까? 왜 보건복지부에서는 출산시에
의무적으로 검사하게 하지 않는 걸까?'

나는 가슴속에서 울화가 치밀어 냉장고에서 차가운 보리차
를 병째로 꺼내 벌컥벌컥 마셨다. 둘째 아가의 운명이 불안했

다. 만에 하나 또다시 감염된다면……? 생각하기조차 싫었다.

　다음날 아침, 그래서는 안 되는 줄 알면서도 집에서 가까운
산부인과를 찾아갔다.
　참으로 난감한 것은 무어라 말을 꺼내긴 꺼내야 하겠는데
마땅한 말이 빨리 떠오르지 않았다. 한참을 망설이다가 겨우
죄송하다는 한마디를 꺼냈다.
　"죄송하다니요, 무슨 일입니까?"
　"사정이 생겨 아이를 유산시켜야 하겠습니다. 도와주세요."
　"뭐라구요? 인공유산은 안 됩니다. 그건 완전히 살인입니다.
모두가 못할 짓입니다. 안 돼요!?"
　"사정이 있어서……."
　"아, 글쎄 어떤 사정이 있는지는 모르겠지만, 안 됩니다. 뱃
속의 아이가 다 듣고 있습니다."
　"그렇지 않으면, 우리 모두가 죽어야 합니다. 죄송합니다."
　"그런 엄포 한두 번이 아닙니다. 그런 소리 하려거든 당장
나가세요! 그리되면 우리는 모두 살인공범자가 됩니다. 못 해
드립니다. 그냥 가세요!"
　"그게 아니구요. 정말 사정이 있어서……."
　"아니거나 기거나, 그런 생각 꿈에도 하지 마십시오."
　의사는 내 사정은 들어보지도 않고 일언지하에 단호하게 거
절했다.
　나는 어쩔 수 없이 돌아 나왔다. 정말 그때의 힘없는 발걸

음이라니…….

집 앞 공원 벤치에 앉아서 한참동안 눈물을 닦아냈다.

그렇게 한참동안 쉬고 나니 기분이 좀 나아졌다.

그때서야 집에서 혼자 있을 홍희가 생각났다.

다행히 홍희는 혼자 잘 놀고 있었다. 그래도 잠깐 못 보았다고 반가워했다. 금방 눈물이 핑 돌았다.

홍희에게 간식거리를 챙겨주고 컴퓨터 앞에 앉아 어제의 그 사이트로 들어갔다. 마우스를 움직여 죽 훑어나가는데 내 시선을 붙잡는 문구들이 보였다. 마침 방안에는 홍희와 나 둘 뿐이었다. 나는 보는 사람이 없다는데에 안도하고 읽어 나갔다.

성행위에 따른 에이즈의 감염위험은 어느 정도인가?

성행위는 다양하고, 그에 따른 위험도도 달라진다. 구체적으로 성행위에 따른 정확한 위험도를 언급하기는 곤란하지만 가장 안전한 행위부터 위험한 순서대로 나열하면 다음과 같다.

1. 절제
2. 자위행위
3. 상대방과 다리 사이로 관계
4. 쿤닐링구스(남성이 여성 성기에 구강 성교)
5. 콘돔 착용 후 펠라티오(여성이 남성 성기에 구강 성교)

6. 콘돔 착용없이 펠라티오

7. 콘돔 착용 후 질 성교

8. 윤활제와 함께 콘돔 착용 후 항문 성교

9. 자위기구 공동이용

10. 콘돔 착용없이 질 성교

11. 콘돔 착용없이 항문 성교

읽고 나니 민망했다. 나는 얼른 다른 항목을 클릭했다.

에이즈 바이러스는 잠복기에 활동을 하는가?

에이즈 바이러스는 감염된 사람의 몸인 숙주세포(CD4) 속에 잠재하여 숙주가 건강한 동안에는 활동하지 않는다고 믿어왔다. 이것을 〈임상학적인 잠복기〉라 한다. 그러나 1993년에 몇몇 연구에 의해 에이즈 바이러스는 이 기간에도 우리가 생각했던 것보다 훨씬 높은 수준으로 혈액, 임파조직, 임파절 속에서 자기 복제를 지속하는 활동을 한다는 사실이 밝혀졌다.

에이즈 감염 초기인 첫 2주 동안에 숙주인 사람의 혈액 속에 수많은 바이러스가 증식하고 이에 반응하여 면역반응, 즉 항체가 나타난다.

이 때를 〈급성감염기〉라 하며 바이러스의 수가 매우 높은 시기이지만, 6~9개월 후에는 바이러스의 수가 안정되어 일정한 수준을 유지하게 되는데 대개 1,000~100,000copies/mL 정도이다.

평균수치가 높은 감염인은 그 수치가 낮은 감염인에 비하여 CD4 세포수가 빨리 감소하고 에이즈로의 진행이 빠르며 사망에 이르는 기간도 짧게 되는 특성을 가진다.

읽어가면서도 낯선 단위 때문에 제대로 이해가 되지 않았다. 그러나 대략의 뜻은 파악이 되었다.

에이즈 발병 초기의 신체상 징후로는 어떤 것이 있는가?

이 시기에는 지속적 체중감소(체중의 10% 이상), 설사, 발열 등의 증상이 1달 이상 지속된다. 따라서 이런 징후가 있으면 에이즈발병의 위험성이 높기 때문에 무증상기無症狀期보다도 자주 병원을 찾아가 진찰할 필요가 있다. 또한 기회감염증을 조기에 발견할 수 있도록 노력해야 하며, 흉부 X-선 촬영을 주기적으로 하여야 한다. 기회감염증으로는 초기에 구강 캔디다증이 많이 나타나며 치료를 안 할 경우에는 식도로 확산되어 캔디다 식도염으로 진행될 수 있다. 식도를 침범하면 치료가 어렵기 때문에 조기에 치료를 시작해야 한다. 음부 헤르페스나 대상포진 등 피부질환에도 주의해야 한다. 이러한 합병증이 있을 때는 에이즈 발병의 시기가 가깝다고 볼 수 있다. 또한 정기적으로 안저眼底검사를 하여 거대세포바이러스(CMV) 망막

염도 정기적으로 확인하는 것도 중요하다. 초기 증상들이 발
생하더라도 환자 자신은 잘 모르는 경우가 많기 때문에 신체
에 조금이라도 이상이 있는 경우에는 병원을 찾아야 한다.

　구부리고 컴퓨터 모니터를 들여다보고 있었더니 온몸이 나
른해졌다. 눈도 피곤했다. 컴퓨터를 끄고 그대로 누웠다. 그
러자 기다렸다는 듯이 홍희가 다가왔다.
　"엄마. 컴, 그만해?"
　홍희는 컴퓨터라는 단어를 온전히 발음하지 못하고 머릿글
자만 따서 이렇게 불렀다.
　"응, 다 했어. 이제 우리 홍희하고 놀꺼야."
　"그럼 동화책……."
　홍희는 벌써 책을 좋아해서 틈만 나면 동화책을 읽어달라고
했다.
　"그래, 무슨 동화 읽어줄까?"
　"난장이."
　"아하! 일곱 난장이와 백설공주? 그럼 네가 가서 책을 찾아
와!"
　홍희는 말이 떨어지자마자 책장으로 쪼르르 달려가서 책을
가져왔다.
　"아이! 착하네. 우리 공주. 어디서부터 읽어 줄까?"
　"처음부터 읽어주세요."
　나는 홍희를 무릎 위에 앉히고 또박또박 동화를 읽어 갔다.

우리 모녀는 겉으로만 보면 참으로 행복해 보였다. 아니 실제로 그 순간만은 행복했다.

나는 조금씩 피붙이가 무엇인지 익혀가고 있었다.

다음날 나는 남편과 함께 홍희를 데리고 문 박사를 찾아갔다. 마지막으로 뱃속 아기의 유산문제에 관해 상의하고 싶었다.

"아니 어쩐 일이십니까? 오늘 진료일이 아닐 텐데……."

우리가 아무런 예고도 없이 연구실에 들어서자 문 박사는 깜짝 놀라며 반겨주었다.

나는 어제 동네 의원에 갔던 일이며, 찾아온 목적을 숨김없이 털어놓았다.

"미안합니다. 내가 알아서 먼저 이야기를 해주었어야 했는데……. 미안합니다. 그리고 나를 믿고 이렇게 상담해주어 고맙습니다. 나는 때가 되면 차차 이야기해 주려 했었는데 결과적으로 두 분의 마음고생을 미처 헤아리지 못한 것이 되었군요. 지금으로서는 어떤 조치도 취할 수가 없습니다. 임신중절 수술이나 약물 투여는 물론 안 되구요. 그러니 지금부터 출산일까지 기도하는 마음으로 생활하는 겁니다. 알겠습니까?"

"알겠습니다."

"내 지시대로 충실하게 따라 준다면 둘째는 건강하게 태어나도록 최선을 다하겠습니다. 나를 믿고 따라 주시겠습니까?"

"네! 그렇게 하겠습니다."

나는 문 박사가 그렇게 고마울 수가 없었다. 역시 두드리는 자에게 문은 열리게 돼 있다. 하늘이 무너져도 솟아날 구멍이 있다는 말을 실감할 수 있었다.

도대체 바이러스란 어떤 것이길래 인간을 공포에 떨게 하는 것일까? 해로운 박테리아가 있듯, 이로운 바이러스도 있는 것일까? 문 박사의 설명은 계속되었다.

"바이러스의 사전적 의미는 초미립 병원체입니다. 일반 현미경에서도 보이지 않는 초미세한 존재가 생명을 희롱하는 겁니다. 따지고 보면 인간의 생명은 이처럼 나약한 것입니다.

그리고 감염인이 임신한 경우 아기에게 전염될 확률은 25~30%입니다. 그런데 이상한 것은 그 신생아 가운데 70~75%의 아이가 처음엔 HIV 항체에 양성반응을 보이다가 1년 반 정도가 지나면 점차 음성반응을 보이면서 정상으로 성장하게 되는 것입니다.

그러니 홍희의 동생이 세상 밖으로 나오는 안전한 길은 오로지 엄마의 노력 여하에 달려 있습니다. 엄마의 용기와 인내와 성실이 한 아이의 생명을 판가름 나게 하는 것입니다.

이것은 지도부단(AZT. ZDV)이라는 약인데 하루에 3정을 각각 식사 후에 드십시오. 건강 보조식품도 비치해 두고 함께 드시면 좋습니다. 술은 아예 가까이 가지도 말고, 스트레스를 받지 않도록 하십시오. 치료에 있어서 중요한 것은 규칙적인 약의 복용입니다. 약을 먹다가 안 먹다가 하면 약에 대한 내성이 생겨 치료하는데 큰 어려움을 겪게 됩니다. 그러니 절대적으로 약을 거르지 말고 꼬박꼬박 먹어야 합니다.

HIV가 사람의 몸속에 침입하면 혈액 속의 백혈구와 먹느냐, 먹히느냐의 전투가 벌어집니다. HIV의 수가 아주 적을 때에는 백혈구가 이기지만 일정한 기준을 넘어서면 HIV가 이깁니다. 그러면 HIV는 체내에 자리를 잡고 대기하게 됩니다. 그러다가 백혈구를 파괴시켜 어떠한 항생물질을 투입해도 면역체계가 제대로 가동이 되지 않게 되는 것입니다. 마지막 방어력을 완전히 상실하게 되면 몸 전체에 여러 가지 병균체가 밖으로부터 침투해 들어와 죽음으로 몰고 가지요."

여기까지 쉬지 않고 이야기를 한 문 박사는 자리에서 일어나 음료수대 위에 있는 물주전자를 직접 가져다가 물을 한 컵 마셨다. 그리고 보니 문 박사는 우리에게 설명할 때마다 물을 마시는 물 박사였다.

"일반적으로 병균체는 미생물, 세균(박테리아), 바이러스 등으로 구분합니다. 그런데 유독 에이즈 바이러스 박멸이 어려운 것은 1주일이 멀다 하고 새로운 형태의 변종 바이러스로 탈바꿈하기 때문에 그 속도를 따라잡아 박멸하지 못하기 때문입니다.

그러나 한 가지 다행인 것은, 지금은 HIV의 감염 경로와 세포의 공격 장면까지 파악하고 있습니다. 더욱이 우수한 약의 개발과 인체의 면역력 증가로 보균 잠복기도 더 길어지고 있습니다.

1981년 미국의 로스앤젤레스에서 처음 발견된 에이즈는 1985

년 우리나라에서도 발견이 된 이후 2004년 9월 말까지 2,974명
의 감염인이 발생하였습니다. 그런데 에이즈 바이러스는 다른
질병의 치료 중에 발견되는 경우가 많았습니다. 그러니 앞으
로는 보다 적극적으로 에이즈 감염 여부를 검사하여 바이러스
억제제를 초기부터 투여하는 것이 중요합니다.

특히, 최근에 개발된 단백분해효소억제제는 에이즈 바이러
스에 대한 효과가 매우 탁월합니다. 이것이 개발된 덕분에
1996년에 새로운 치료법이 나오게 되었습니다.

새로운 에이즈 치료법이란 여러 가지 약을 동시에 투여하는
'칵테일 요법'입니다. 이 요법으로 치료를 하면 한가지 약을
쓸 때보다 에이즈 바이러스를 더 강력하게 억제할 수 있습니
다. 또한, 한가지 약을 쓰면 에이즈 바이러스가 쉽게 내성을
얻게 되지만, 칵테일 치료를 하면 내성이 생기기 어렵습니다.

이 칵테일 치료를 받고 에이즈가 완치된 환자들이 있습니
다. 그 중에 지난번에 잠깐 이야기하다가 만 '베를린 환자'라
는 별명이 붙어 있는, 세계적으로 매우 유명한 환자가 있습니
다. 이 환자는 감염된 직후부터 칵테일 치료(hydroxyurea＋ddI
＋indinavir)로 치료를 받았습니다. 치료 2주만에 바이러스가
혈액에서 사라지자 환자가 스스로 약을 끊었습니다. 그랬더니
다시 바이러스가 혈중에 나타났고, 칵테일 치료를 다시 시작
하자 바이러스가 혈중에서 사라졌습니다. 그러나, 4개월 후(정
확히 176일간 치료함)에는 감염이 생겨서 약을 더 이상 먹을 수 없
게 되었습니다. 그래서 다시 칵테일 치료를 중단하였는데, 이

번에는 혈중에 에이즈 바이러스가 나타나지 않았습니다. 이 베를린 환자는 약을 끊은 지 약 2년(정확히 551일)이 지났는데 바이러스가 전혀 혈중에서 검출되지 않고 있다고 합니다. 이 베를린 환자와 마찬가지로 감염 초기에 칵테일 치료를 받고, 혈중에서 바이러스가 없어진 다음에 약을 끊었는데, 1년이상 다시 바이러스가 나타나지 않는 환자가 미국에도 2명이 더 있습니다.

거듭 강조하고 싶은 요점은 감염된 초기에 치료를 시작한다면 좀 특별한 경우이기는 하지만 '베를린 환자'처럼 완치가 가능하다는 것입니다. 따라서 만일에 에이즈에 걸릴만한 성접촉을 한 다음 2~6주만에 열이 나거나, 독감 증세가 있으면 반드시 에이즈에 대한 검사를 받아야 합니다. 이 때 진단이 내려져서, 칵테일 치료를 받는다면 혈액 내에서 바이러스가 사라지고 면역기능이 회복되어 기회감염을 예방할 수 있습니다. 현재 시도되고 있는 칵테일 치료의 효과가 괄목할 만하고 조만간 더 우수한 치료제의 개발이 가능하기 때문에 완치의 희망은 매우 밝다 하겠습니다. 제 설명이 너무 길어 모두 기억하실 수 있겠습니까?

"……."

"일일이 다 기억하시지 않아도 좋습니다만 조금전 말했던 중요한 핵심만은 잘 이해하시고 주의하도록 하십시오. 힘드실 테니 다음에 또 이야기 하도록 합시다. 긴 시간 수고 많으셨습니다."

“수고는 박사님께서 하셨지요. 감사합니다.”

　나는 문 박사의 자상한 설명에는 감사하고 있었지만 속으로
는 에이즈 때문에 그렇게 긴 시간을 허비해야 하는 내 처지가
안타까웠다.

미움의 시작

　머칠이 지나자 서울시 보건환경연구원에서 결과가 나왔으니 부부가 함께 오라고 했다. 홍희를 어머니께 맡기고서 양재동으로 향했다. 가는 동안 우리 부부는 말 한마디도 나누지 않았다. 천근의 발걸음이었다.

　역시 염려했던 대로였다. 이미 어느 정도 예상했던 바였지만 새삼스레 다시 기가 풀려버렸다. 아직 한 번 더 최종 검사는 남아 있지만, 우리 부부도 에이즈 바이러스에 간염된 것이 거의 결정적이었다.

　우리에게 양성 반응이 나왔노라고 통보해 준 연구원이 역학 조사를 한다면서 한 명씩 따로 불러서 물었다. 남편은 바깥에서 대기하고 내가 먼저 마주 앉았다.

　"제 물음에 여러 사람을 위한다는 생각으로 정직하게 말씀

해 주셔야 합니다. 그렇게 해 주시겠습니까?"

"네."

"언제 결혼하셨습니까?"

"3년 전 여름에 했습니다."

"연애결혼입니까?"

"네, 그렇습니다."

"기간은 얼마쯤 됩니까?"

"1년쯤 됩니다."

"그때가 몇 살 때였지요?"

"스물네 살 때였습니다."

"지금의 아이 아빠와 사귀기 전에 또 다른 남자와 교재한 일이 있습니까?"

"……."

"왜요, 생각이 안 나십니까?"

"10년 전 여고 2학년 때 겨울, 두 살 연상의 선배와 사귄 적이 있었습니다."

"깊이 사귀었나요?"

"무슨 의미이지요?"

"성관계를 가졌었던가 묻는 겁니다."

"그런 건 없었습니다. 여러 번 만났지만 성관계는 전혀 없었구요, 키스만 몇 번 했습니다."

"그래요? 그때가 정확히 9년 전 일입니까?"

"네."

“그 후에 특별한 어떤 증세는 없었습니까?”
“네. 없었습니다.”
“그 다음 다른 남자를 또 만났나요?”
“아닙니다. 일체 없었습니다.”
“이상한데요. 한창 젊을 때 이성교제가 없다니요?”
“첫사랑의 배신 때문이었습니다. 한동안 남성 혐오증으로 조용히 지내다가 가까스로 지금의 남편을 만난 것입니다. 그뿐입니다.”
“그러니까 결혼 전에는 육체적으로 순결했다는 말씀입니까?”
“네!”
“그러면 이번 감염 원인은 전적으로 남편에게 있다고 해야겠군요?”
“글쎄요. 제가 아닌 것이 분명하다면 남편쪽이겠지요.”
“ ‘내가 아닌 것이 분명하다면’이 아니라 확실해야 합니다. 지금에 와서 누구를 비난하려는 것이 아니라 감염경로를 파악하려는 것입니다. 김수진 씨에게 원인이 있으면 그 경로를 확실히 밝혀내야 제2, 제3의 감염을 막을 수 있거든요.”
“맹세코 저는 깨끗합니다.”
“결혼 후에 외도를 한 적은요?”
“없습니다.”
“그럼, 큰 병을 앓거나 수술을 한 적 있습니까? 그러니까 수혈을 한 적이 있는지 묻는 겁니다.”
“그런 것도 없습니다.”

"잘 알겠습니다. 수고하셨습니다."

나의 면담이 끝나자 남편도 면담을 했다. 물론 남편도 감염된 사실이 없다고 부인한 모양이었다.

그런데 이 문제는 여기서 끝나지 않았다. 우리 둘 중 누군가 거짓말을 해서 감염경로가 밝혀지지 않았다는 것이었다.

남편은 나보다 훨씬 더 구체적으로 조사를 받은 모양이었다. 군복무 시절 내무생활에서 밤에 잘 때는 어땠는지. 대중목욕탕에서 손톱깎이나 남이 쓰다 버린 일회용 면도기를 사용하다가 상처를 입은 적은 없었는지 등등, 꼬치꼬치 묻더라고 했다. 남편은 마치 형사 사건의 피의자 취급을 당했다고 투덜거렸다. 그러나 나는 그를 위로해 줄 기분이 아니었다. 우리를 담당했던 분도 나중에는 짜증이 나고 지쳤던지 그냥 돌아가라고 했다. 그러면서 질병관리본부에서 다시 확인할 때는 정직하게 대답하라고 했다.

우리 둘은 냉랭한 기분으로 병원으로 돌아왔다. 남편은 병원 앞에서 수치스럽다며 나에게 화를 냈다. 정말 어이가 없었다.

나는 아무 말 없이 병원 밖으로 나왔다. 한참을 걸어나오니 긴 개울이 나왔다. 그 개울을 따라 산책로도 있었다. 나는 그 길을 따라 무작정 걸었다.

나는 홍희가 우리 부부로부터 감염된 게 아니기를 간절히 빌고 또 빌었었다. 나는 맹세코 결백하였으므로 남편만 이상이 없으면 된다는 생각이었다. 그런데 이제 그 바람과 기대가 산산이 조각나 그 파편이 내 심장에 꽂히고 있었다. 에이즈에 감염된 것도 무섭고 두려웠지만 남편을 신뢰할 수 없다는 것이 더 나를 외롭고 슬프게 했다. 나는 남편이 미웠다.

나는 어릴 적 고향의 개울가에서 잠자리가 우화羽化하면서 남겨놓은 허물을 보고 신기해했었다. 그런데 오늘은 내가 그 허물이 되어 있었다. 조금만 힘을 주면 바삭바삭 부서져 버릴 허물. 나는 그 보잘 것 없는 허물이었다. 나의 생활은 칼날 위의 위태로움이었다. 믿음이 허물어지고 나니 모든 게 짜증스럽고, 소중한 게 아무것도 없었다. 화가 나서 남편 곁에 있기도 싫었다.

시거든 떫지나 말지, 방귀 뀐 사람이 도리어 성내고 있으니 기가 찰 노릇이었다. 그건 자기 합리화가 아닌 위선이었다. 신뢰할 수 없는 그를 어찌해야 할지, 곰곰이 생각해보지 않을 수 없었다. 내 몸에 더러운 피가 흐르고 있다고 생각하니 온몸에 소름이 돋았다.

그렇다. 분노의 끝은 불이다. 불을 만들자. 모든 것 태워 버리자. 재마저 산산이 날려 버리자. 그리고 이 세상에 다시는 태어나지 말자.

어디서부터 무엇이 잘못 되었단 말인가? 나는 왜 수많은 교통사고에도 끼어들지 못하는가?

나는 파닥거렸다. 벗어날 수 없는 굴레에 씌워져 가여운 몸짓으로 파닥거렸다. 생과 사, 존재의 근원에 대해서 나 자신에게 끝없는 물음을 되뇌었다.

'저승사자여, 내게로 와라! 잃은 것이 있으면 얻는 것도 있을 터. 절망의 늪에 빠져 있는 나를 데려가라!'

온갖 부정적인 생각들이 머리에 가득찼다가 빠져나가면서 걷잡을 수 없는 나락으로 밀어 넣었다. 남은 시간의 길고 짧음에 대한 가늠도 없었다. 이 허망하고도 의미 없는 날들이 많이 남았다고 한들 무슨 소용인가.

지옥은 이승에도 있었다. 20세기의 흑사병이라 일컫는 에이즈에 걸린 나의 삶이 곧 지옥이었다.

병실로 돌아오니 남편이 고개를 숙이고 앉아 있었다.

눈이 붉게 충혈되어 있는 것으로 보아 그동안 내내 울었던 것 같았다. 그런 남편을 보니 마음 한 편에서 연민의 물결이 조금씩 일기 시작했다. 그러나 그도 잠시, 그가 나와 홍희의 인생을 송두리째 망가뜨렸다고 생각하니 그는 금방 징그럽고 무서운 마귀로 보였다. 그를 정면으로 마주치는 것조차 싫었다. 그러나 사실만은 정확히 밝혀내고 싶었다.

"홍희 아빠! 나하고 이야기 좀 해요. 나 이대로는 도저히 못 참겠어요. 홍희를 저렇게 만든 사람이 누군지 따져보자구요."

내 목소리에서는 찬바람이 일고 째앵! 째앵! 강물에서 얼음 깨지는 소리가 났다. 그런 나를 물끄러미 바라보던 남편은 아무말없이 조용히 밖으로 나가버렸다. 얼마 전까지 자기의 잘못이 아니라고 펄펄 뛰던 기세가 꺾여 있었다. 나는 따라 나가려다가 그만 두고 홍희가 자고 있는 침대 옆에 앉았다. 물끄러미 자고 있는 홍희의 얼굴을 바라보노라니 또다시 눈물이 흘렀다. 나는 그대로 엎드려 울다가 그만 잠이 들었다.

나는 어딘지 모르는 바닷가에 서 있었다. 바다는 이제 곧 자신의 품속에 안길 붉은 해의 마지막 빛을 받아 눈부시게 빛나고 있었다. 그랬다. 그것은 금빛이었다. 지금까지는 남들이 금빛바다라고 하면 어떤 정경을 이야기하는 건지 전혀 실감이 나지 않았었다. 그런데 나는 그 자리에서 바다가 금빛으로 빛나는 광경을 처음으로 보았다. 나는 나도 모르게 조금씩 그 금빛 바다 속으로 들어갔다. 차가운 물이 가슴까지 차 올라왔으나 두렵지 않았다. 그저 들어가고 싶었고, 또 들어가야 한다는 알 수 없는 명령에 따르고 있었다. 그때 파도에 밀려 내게로 다가오는 물체가 있었다.

순간 황홀한 금빛 분위기가 깨져 짜증스러웠다. 그런데 자세히 보니 그 물체는 홍희였다. 커다란 이불 위에 눕혀진 홍희는 새파랗게 겁에 질려 있었다. 그리고 나에게 무언가 이야기하고 싶어하는 표정으로 울먹거리고 있었다. 나는 무서운 생각이 와락 들어 허겁지겁 홍희를 안았다. 그러나 나는 이미 깊은 바다 속으로 가라앉고 있었다. 나는 온 힘을 다하여 몸부림쳤다. 그럴수록 나는 점점 더 깊이 빠져 들어갔다. 그때 갑자기 홍희가 물속에서 깔깔대고 웃기 시작했다. 자세히 보니 홍희는 영화 〈사탄의 인형〉에 나오는 주인공 〈처키〉였다. 그 처키 인형은 무등을 타듯 내 목 뒤에 달라붙어 작고 앙증스런 손으로 나의 목을 조였다. 그 크기에 비해 처키의 힘은 대단했다. 나는 있는 힘을 다하여 떼어 냈다. 그러나 앞에서 떼어내면 뒤로 붙고, 뒤에서 떼어내면 다시 잽싸게 앞쪽으로 옮겨 와서 내 얼굴을 할퀴었다.

나는 한없는 공포에 싸여 구원의 소리를 치려고 했으나 소리는 내 목 안에 갇혀 한 움큼도 밖으로 나가지 못했다. 그러다가 어느 순간 처키는 사라지고 마치 신호가 끈긴 텔레비전처럼 기분 나쁜 지직! 거리는 소리와 함께 짙은 어둠이 계속되었다.

나는 어느새 어릴 적 고향집의 부엌에 갇혀 있었다. 엄마는 검은 가마솥에서 모락모락 김이 나는 밥을 퍼서 상위에 올려 놓고 있었는데, 나는 무슨 이유에서인지 두 손을 들고 벌을 서고 있었다.

이윽고 엄마가 상을 다 차려 마루로 나갔다. 나도 따라가려고 일어서자 엄마는 밥상을 마당으로 사정없이 내던졌다. 밥상이 요란한 소리를 내며 부서졌다. 어머니는 무서운 속도로 나를 향해 휘익! 돌아섰다. 그런데 그 모습은 어머니가 아니라 홍희였다.

홍희는 어느새 머리가 희끗희끗한 할머니가 되어 있었는데 핏발 선 눈초리로 나를 쏘아 보았다.

"네가 무얼 잘 했다고 밥을 먹으려고 해? 너는 굶어 죽어야 돼!"

나는 홍희의 표정이 너무 무서워 아악! 하고 소리치며 도망치려다가 잠에서 깼다.

나는 가위에 눌려 온 몸이 땀에 후줄근하게 젖어 있었다.

홍희는 여전히 새근새근 자고 있었고 이따금 문밖으로 지나가는 사람들의 이야기 소리가 두런두런 들렸다. 나는 꿈속에서 보았던 장면들을 되새겨 보았다. 무슨 뜻일까? 무슨 의미로 그런 꿈을 꾸게 된 걸까? 머리가 혼란스러웠다.

질책

연말이 가까워지자 거리는 들뜨고 있었다. 예전처럼 풍성하지는 않았지만 드물게 크리스마스 캐롤도 들렸다. 나는 홍희에게 줄 선물을 사기 위해 거리로 나섰다. 홍희의 침대맡에 크리스마스트리도 장식해주고 싶었다.

마주치는 사람들은 남자보다 여자들이 많았다. 그들은 한결같이 멋을 내고 있었다. 나도 여자이지만 겉멋만 질탕 든 여자들은 싫었다. 잘못 이기심의 칼날만 곧추 세운 페미니스트들도 마찬가지였다. 모든 것이 잘못되어 있다고 우기며 너무 앞서 가는 여자도 싫었다. 그런 여자들만 빼고 나면 거리의 사람들은 모두가 행복해 보였다. 시커먼 숯덩이 같은 내 가슴과는 아랑곳없이 세상은 잘도 굴러가고 있었다.

나는 억지로 몸을 움직여 크리스마스트리를 장식할 재료 몇

가지를 사가지고 돌아왔다. 그러나 아기자기하게 꾸밀 기분이 나지 않았다. 나는 장식하는 것을 포기하고 잠시 쉬려고 누웠다가 이내 잠이 들고 말았다.

어머니는 다시금 큰시누이 집에 계시기로 하였다. 내가 홍희와 병원에 다니자면 홀로 적적하실 것 같아 그렇게 하시라고 했다.

며칠 후, 나는 큰시누이에게 전화를 걸어 우리 가족에 대해 사실대로 이야기했다. 그렇게 하기로 한 것은 이미 어머니께서 우리의 병에 대해서 말씀한 눈치였기 때문이었다. 그렇게 된 이상 우리로서는 계속 감추기도 힘들 것 같아 아예 솔직하게 말씀드렸던 것이다. 그리고 동생들에게는 당분간 비밀로 해달라고 당부하였다.

그날 밤이었다. 식구들 모두가 잠든 시각, 큰시누이가 찾아와 나를 불러냈다. 거실 베란다로 나가자마자 윽박지르기 시작했다.

"어찌된 거야? 진실을 알고 싶어."

"애기 아빠가 이야기하지 않던가요?"

"홍희 애비는 그동안 바람을 피운 적도 없고 수혈을 받은 적도 없다는데, 어찌 된 거냐구?"

큰시누이는 에이즈가 어떤 병인지 아는 듯했다.

"나도 모르겠어요."

나는 길게 설명하기 싫어 간단히 넘어가 주기를 간절히 기대했다.

"나도 모르다니, 그런 말이 어디 있어. 범인은 둘 중에 하나가 분명한데, 도대체 누구냔 말이야?"

"홍희 아빠한테는 언제 그 이야기를 들었는데요?"

"이틀 전, 그저께."

"저도 모르는 일이예요."

"모르다니? 남의 이야기하듯 하지 마! 이게 보통 심각한 일이야?"

"물론 심각한 일이죠. 그러나 저는 하늘에 맹세코 절대 아니예요."

"그러면 동생이란 말이지?"

"……."

"어이구! 이제 우리집 망했다. 망했어! 어떻게 이런 일이……. 그러나 누구 말이 옳은지는 꼭 밝혀낼 거야!"

팔은 안으로 굽는다고 큰 시누이는 자기 피붙이인 홍희 아빠가 범인이라는데 반신반의하면서 흥분을 가라앉히지 못했다. 큰시누이가 이제 와서 그것을 밝혀 어쩌자는 것인지, 어이없고 한편 야속했다. 또 문제가 있을 때마다 적당히 둘러대는 남편에게도 쐐기를 확실히 박아 두어야 하겠다고 생각했다. 오려던 잠이 천리나 도망가 버렸다. 나는 남편을 깨워 따질까 하다가 다음으로 미루었다.

이튿날이었다. 홍희와 세수를 하고 방에 들어와 있으려니 세면장에서 대청소가 벌어졌다. 언제 왔는지 큰시누이가 우리가 사용했던 변기며 세면대에 세제를 뿌려가며 청소를 하는 것이었다. 나는 모른 체하려다가 한마디 안 할 수가 없었다.

"고모님, 너무 경계하지 마세요. 여태 함께 산 어머니는 지금도 아무 이상이 없잖아요."

"내가 뭘?"

"이 병은 피가 핏속으로만 들어가지 않으면 괜찮대요. 그러니 그렇게 두려워하지 않아도 돼요."

"알았어!"

"요즘은 약도 좋아져서 완치까지는 안 되지만 오래오래 산대요."

"알았다니깐!"

큰시누이는 자신이 지나쳤다고 생각해서 겸연쩍었는지, 아니면 몹쓸병에 걸린 동생 내외 때문에 화가 났는지 신경질을 누르지 못했다. 나는 그 기분을 이해할 수 있었다.

며칠 후, 남편과 나는 홍희를 데리고 중간 검진을 받기 위해 문 박사를 찾아갔다. 우리는 3개월에 한번씩 의무적으로 검진을 받아야 했다. 문 박사는 마침 잘 되었다는 듯이 우리를 앉혀 놓고 예의 그 강의를 또 시작했다. 그는 그렇게 수시로 기회만 있으면 우리를 앉혀놓고 에이즈에 관해서 설명했다.

"누구든 폐결핵과 구강 캔디다증이 발생하면 일단 HIV의 감염을 의심해 보아야 합니다. 계속되는 마른기침에 가쁜 숨, 조금만 움직여도 심한 호흡 곤란을 느끼게 되면 더욱 그렇습니다. 그러니 공통적인 폐렴 증세에 일반적으로는 극히 드문 뇌임파종이 에이즈 환자들에게는 예외 없이 나타나는 겁니다."

나는, 아니 우리 가족 모두는, 차고 어두운 긴 터널에서 빨리 탈출하고 싶었다. 에이즈로 인한 죽음이 두려운 게 아니라, 멸시 천대하는 사람들이 두려웠다. 그럴 때마다 그리운 사람들을 만나보고 싶었다. 늘 같이 했던 사람들과 인연을 다 끊고 살려니 외로움이 뼛속까지 파고들었다.

훗날 '난 에이즈 환자였어'라고 떳떳하게 이야기할 수 있게 된다면 얼마나 좋을까? 한 인간으로서의 존엄성과 가치를 존중받으며 함께 살게 된다면…….

문 박사의 설명은 계속되었다.

"손만 잡아도 전염이 된다고 믿는 사람, 천벌을 받은 더러운 병이라고 생각하는 사람, 전생의 업보에 대한 병이라고 단정하는 사람들은 모르는 중에 죄를 짓는 거예요. 그런 사람들이 있기 때문에 감염인들이 마음에 상처를 받아 더 힘들어합니다."

문 박사는 흥분했는지 우리에게는 해당되지 않는 이야기까지 했다. '박사님! 저희는 환자예요.'하고 말하고 싶었으나 그 말은 빼고 궁금한 것만 물었다.

"박사님! 그러면 에이즈 바이러스에 감염이 되면 그 증상은 언제 나타나요?"

"네에! 에이즈 바이러스는 감염되었다고 해서 즉시 발병하는 게 아니라 잠복기가 있습니다. 치료를 받지 않을 경우 대개 8년에서 10년까지는 발병하지요. 그러나 이 기간은 일정하지 않습니다. 앞으로 치료법의 발전에 따라 이 잠복기간이 늘어날 것입니다. 어떤 학자는 에이즈는 앞으로 고혈압이나 당뇨병처럼 꾸준히 약만 복용한다면 발병하지 않게 될 거라는 주장을 하기도 합니다. 아마 머지않아 치료제가 개발되거나 최소한 그 정도까지는 될 겁니다. 또, 아주 희망적인 것은 지난번 이야기한 베를린 환자처럼 재발하지 않는 경우도 있으니 머지않아 극복될 겁니다."

"잠복기에서 발병할 때까지의 사이에 어떤 증세는 안 나타나는가요?"

"있지요. 감염인 모두 그러는 것은 아니고, 일부는 열이 나거나 두통이 있고, 피부에 좁쌀 같은 종기가 생기기도 하고 감기와 비슷한 증상이 생겼다가 2~3주 지나면 없어집니다. 이런 증상이 나타나기까지 기간은 감염된 후 2주에서 8주정도 되구요."

"겉으로 드러나는 증상은 없습니까?"

그간 말을 잊고 살던 남편도 슬며시 끼어들었다.

"네 그렇습니다. 그러니까 외모만 보고 판별할 수는 없습니다. 또 에이즈 바이러스는 아주 특별한 바이러스입니다. 소아마비, 백일해, 홍역, 간염, 흑사병, 한센병 등은 예방 백신 이미 개발되어 있습니다. 모든 바이러스에 의한 병균이 상당 기간이 지나면 소멸하거나 서서히 다른 종으로 둔갑하지만, 유독 에이즈 바이러스는 1주일이 멀다하고 갖가지 형태로 바뀌어 백신 개발에 의한 따라잡기가 거의 불가능합니다.

그러니 너나 나나 조심하는 수밖에 없습니다.

에이즈 환자에게 영양부족은 어쩔 수가 없습니다. 말기가 되면 퀭한 눈동자의 유령 같은 얼굴이 되고 나이를 막론하고 신체는 쭈글쭈글해 집니다. 그리되면 고통만 남게 되고 영혼이 빠져나갈 출구를 찾기 위해 가쁜 숨을 몰아쉬게 됩니다. 결국은 신마저 외면해 버린 침묵의 시간이 되는 것입니다.”

나는 문 박사의 답이 끝나기가 무섭게 오랫동안 궁금증으로 남아있던 것을 꺼내 물었다.

“그럼, 지금 제 뱃속에 있는 아기는 어떻게 되는 거예요?”

“네. 감염여부를 굳이 알아보려고 한다면 지금부터 검사를 시작할 수는 있겠지요. 그러나 그것은 별로 의미가 없습니다. 왜냐하면 태내에서 감염되는 경우는 절대로 없으니까요. 그러니 지금은 안심하셔도 됩니다. 출산할 때부터 출산 후 18개월이 될 때까지 거듭 검사를 해서 감염여부를 판정하게 될 겁니다.”

“감염인이 직장생활하는 것은 어떻습니까?”

이번에는 남편이 물었다.

“직장에 다니면서 치료받아도 아무 상관없습니다. 단, 다른 사람들에게 감염이 되지 않도록 조심은 해야되겠지요. 또 사업주가 알게 되어도 에이즈 감염을 구실로 해고 시킬 수 없게 되어 있습니다. 오늘은 여기까지만 합시다. 회진할 시간이 되어서요."

"긴 시간 감사했습니다."

우리 부부는 동시에 고개를 숙였다.

남편은 직장을 구하기 위해 선배를 만나러 가고 나만 혼자 터덜터덜 돌아왔다.

병원에서 돌아오니 큰시누이가 알렸는지, 지방에 사는 둘째와 셋째 시누이들이 함께 와 있었다. 이리 될 줄 알았으면 남편도 같이 올 걸 하는 후회가 들었다. 서로 눈치만 살피며 말 꺼내기를 주저하더니 셋째 시누이가 먼저 말문을 열었다.

"그래 어떡할 거야?"

"무얼요?"

"몰라서 물어? 어떻게 할 거냐고?"

"……."

"고얀 사람들 같으니라구. 이제 너희 식구끼리만 살아! 다른 친척들은 아예 누구 만나려고 하지도 말고, 알았어?"

"……."

"그런데 도대체 누구 탓이야. 동생이야, 자네 탓이야?"

"그걸 동생한테 물어보시지, 왜 저한테 물으세요?"

"그럼, 자네는 아니라는 것인가?"

"네! 아닙니다."

나는 화가 나서 단호하게 잘라 말했다.

"그럼 원인 제공자가 동생이라는 뜻인데, 그런데 동생은 지난번에 아니라고 했다는데……."

지난 번 큰시누이 앞에서 일어났던 일이 그대로 재연되고 있었다. 나는 조금씩 지쳐갔다.

"고모님도 참, 지금까지 딴 남자를 전혀 모르고 살아온 저에게 어찌 문제가 있겠어요?"

"그래? 그럼 그놈이 밖에서 오입질을 했다던가, 호모라던가?"

성격이 괄괄한 둘째 시누이는 흥분하여 거칠게 따지듯 물었다.

"그걸 제가 이야기해야 돼요?"

"됐네. 싫으면 말어!"

"고모님들, 저 때문에 기분 나빠하지들 마세요. 안 그래도 저 지금 무척 힘듭니다."

"알겠네."

그러자 막내 시누이가 가라앉은 목소리로 걱정을 했다.

"근데, 뱃속에 아이는 어떻게 하려고 하는가? 낳을 거야, 뗄 거야?"

"……."

"떼 버려! 낳아봐야 또 병든 자식이잖아. 그런 자식이라면 떼 버려야지."

둘째 시누이가 자신의 일인 듯 화를 냈다.

"그렇지 않아도 병원에 갔었습니다. 그런데 인공유산은 절대 안 된답니다. 그리고 저희 담당 의사한테 확인했는데 주의만 하면 정상적으로 건강하게 태어날 수 있답니다."

"그게 확실한 거야? 나 같으면 어떻게 해서라도 떼어 버리겠네."

둘째 시누이는 여전히 단호했다.

"임신 4개월이 넘으면 인공유산이 안되는 것 고모님도 아시잖아요! 어쨌든 이렇게 걱정을 끼쳐 드려서 죄송합니다."

"알았네. 이제 와서 누구를 탓하겠는가. 힘들겠지만 열심히 살게."

두 시누이는 가면서 생활비에 보태라고 봉투 하나를 놓고 갔다. 남편의 수입이 없는 탓으로 생활이 곤궁하기는 했지만 내 속을 있는 대로 뒤집어 놓고 준 돈이라 속이 상하여 별로 반갑지 않았다. 그래서 그대로 두었다가 밤에 남편이 들어오자 그 앞에 던져버렸다.

갈등

다음날부터 남편과 나의 일상에서는 대화와 웃음이 가시에 찔린 풍선에서 바람이 새듯 빠져나갔다. 남편은 남편대로 무언가의 포로가 되어 무기력하게 끌려 다녔고, 나는 현실을 부정하고 거부하는 또 하나의 나로부터 시달림을 받았다. 그때부터 나는 둘이었다.

홍희는 다행히 폐렴 증상이 그쳤다. 그래서 웬만큼 치료가 끝나자 퇴원하여 집으로 올 수 있었다.

며칠 후.

우리는 녹번동에 있는 질병관리본부에서 마지막 검사와 함께 면담을 했다. 그곳에서 면담을 하는 여자 상담원은 노련했다.

그녀는 나와 마주 앉자마자 지금까지 성관계를 가진 남자는 몇 명이었냐? 외국인과 성관계를 가진 적 있느냐? 수혈을 받은 적이 있느냐? 레즈비언(여자동성애자)은 아니냐? 마약을 주사로 맞은 것 있느냐? 신원불상자로부터 강간을 당한 적이 있느냐? 등을 소나기처럼 물었다.

그것들은 이미 병원과 서울시 보건환경연구원에서 받았던 질문이었다. 신경질이 났다. 내 표정을 읽은 그녀는 자기들은 의무적으로 조사해야 하니까 어쩔 수 없으니 불쾌하게 생각지 말라고 했다. 그리고 우리 거주 지역에서는 에이즈 환자로 접수된 사례가 우리 가족이 처음이라는 말도 했다. 그 말은 왜 내게 하는가? 나는 여러 가지로 울화가 치밀었지만 참는 수밖에 없었다. 면담의 결과는 지난번 서울시 보건환경연구원에서와 마찬가지였다.

면담을 하고 돌아 온 뒤 우리 부부는 다시금 대판 싸웠다.

"되는 일도 없고, 내 인생 종쳤어!"

남편은 서서히 무너져갔다. 나 역시 마찬가지여서 지지 않고 덤볐다.

"누구는 아니고요?"

"내가 알 게 뭐야!"

"그게 무슨 뜻이에요? 이제 와서 너는 너고, 나는 나다는 뜻인가요?"

"여자 하나 잘못 들어와서 집안이 망한 거지."

"뭐요! 뭐라고 그랬어요? 그러니까 날 의심하는 거네요? 그래요?"

"아닌가?"

"그런 말이 어디 있어요! 오늘 확실하게 밝혀요."

그의 한마디는 불꽃으로 타기 시작한 나에게 기름을 부은 꼴이 되었다. 나는 금방 달아올라 길길이 뛰었다.

"이 여자가 사람 잡겠네. 왜 이리 앙칼지게 대드는 거야!"

"안 그러게 됐어요? 여자가 잘못 들어와 집안이 망하게 됐다니……. 자기 뒤가 저리니까 나한테 뒤집어씌우는 거지."

"뒤가 저리다니, 대한민국 남자치고 술집 한두 번 안 가본 놈 있으면 나와 보라고 그래. 당신하고 결혼하기 전 젊은 놈이 외박도 한번 안 해봤겠어? 뒷골목 술집 여자 몇 번 만났다고 병걸리면 대한민국 남자들 다 병들어 죽었겠다."

"대한민국 같은 소리하고 있네. 이제야 실토를 하는구만, 그것도 자랑이라고……."

"이봐! 자랑이 아니라, 사실이 그렇다는 거야!"

"하늘에 맹세코 나는 결백해요. 그렇다면 결론은 난 거잖아요."

이렇게 싸우면서도 나의 마음 한편에서는 행여 감정이 너무 날카로워진 나머지 상대편의 가슴에 치명적인 비수를 꽂아 돌아올 수 없는 강을 건너버리게 되는 상황이 올까봐 조마조마했다.

나의 마음은 두 갈래가 되어 서로 부딪쳤다. 한편에서는 '어차피 우리는 함께 살아야 한다. 남편이 솔직하게 자기 잘못을 시인하고 진심으로 사과한다면 받아들일 수밖에 없지 않은가' 하고 이미 반은 체념하고 있는 반면, 다른 한편에서는 '절대

용서할 수 없다'고 시퍼렇게 칼날을 갈았다. 그렇지만 내 마음은 이미 전자 쪽으로 무게가 쏠리고 있었다. 때문에 싸움은 사실 무의미한 것이었다. 또 우리의 처지는 이미 싸움으로 해결될 상황이 아니었다. 그렇다고 해도 남편이 아직도 자기반성을 하지 않는 것 같아 그 점이 나를 화나게 했다.

"그래? 당신 말대로라면 결론이 났네. 그럼 어떻게 해줄까? 원하는 게 뭐야?"

남편의 흥분이 점점 더 고조되어 갔다.

나는 아무 말 없이 밖으로 나갔다. 맞서 싸우기도 힘들고, 추하게 무너지는 남편의 모습도 보고싶지 않았다. 남편은 굳이 붙잡으려 들지 않았다. 그것은 자기도 더 이상 싸우기 싫다는 의사표시였다.

아파트 옥상으로 올라갔다. 매연 탓인지 하늘이 회색빛으로 보였다. 아직 일몰까지는 시간이 남아있어 아파트 밑 풍경이 한눈에 들어왔다. 나는 옆 아파트 옥상에서 보이지 않는 북쪽 끝으로 갔다. 그쪽은 어린이들의 놀이터가 있는 곳이었다. 놀이터에는 늦은 오후라서 그런지 어린이들이 하나도 보이지 않았다. 그때 놀이터 안으로 천천히 들어오는 사람이 있었다. 그는 얼굴이야 물론 안보였지만 걸음걸이나 웃옷의 색깔로 보아 분명 남편이었다. 남편은 내가 위에서 내려다보고 있는 줄도 모르고 놀이터 안쪽의 긴 의자에 앉았다.

그를 무심히 내려다보던 나는 불현듯 그를 피하고 싶은 생각이 강력하게 들었다. 남편과 마주해야 한다는 것이 부담스

러웠다. 그러면서 갑자기 어렸을 적 나를 보듬어 키워 준 고
향이 보고 싶어졌다. 그때의 친구들도 하나하나 그리움으로
떠올랐다. 백화점 매장에서 만났던 사람들. 그리고 사글세방
의 깐깐했던, 그러나 나에게만은 깊은 정으로 대해 주셨던 주
인 할머니. 내 첫 정을 가져갔던, 그건 내가 준 것이기도 하
지만, 서광옥과 친구 윤자. 억세게 어울리며 숱한 접시를 함
께 깼던 봉트리오. 유달산에서 내려다보던 목포 항구의 어선
들. 고향 집 우물가에 있던 앵두나무와 감나무. 갈대를 엮어
만든 허름한 울타리. 그 위로 바알바알 기어올라 아침마다 해
말갛게 피던 나팔꽃. 그때 나는 여러 가지 색 중에 자줏빛 꽃
은 왠지 싫어서 피는 대로 따내버렸었다. 달빛 부드럽게 깔리
는 봄밤이면 청승을 떨던 소쩍새 울음소리. 반대로 낮에는 뻐
꾸기가 그랬었다.
　'그래, 그때 아카시아 향기는 왜 그리 가슴을 설레게 했는
지…….'
　생각나는 것 어느 것 하나 그립지 않은 것이 없었다. 여기
까지 생각하던 나는 가슴이 뜨거워지고, 숨이 가빠왔다. 참을
수가 없었다.
　'가자. 가서 고향도 보고, 바닷바람이라도 쐬자.'
　한번 그렇게 마음을 먹으니 흥분은 점점 더 고조되었다.
　'그래, 가는 거야. 망설이지 말고 가는 거야. 그런데 홍희
는……?'
　홍희가 마음에 걸렸다.

'어떻게 할까? 날씨는 추워지는데 홍희는 감기 기운이 있잖아. 또 뱃속의 아기 때문에 너무 힘들기도 하고……. 홍희는 두고 혼자 다녀오자.'

나는 부랴부랴 집으로 내려왔다. 그리고 잠깐 입을 옷에 대해서 걱정했으나 그런 일에 크게 신경을 쓰고 싶지 않았다. 마침 쉽게 눈에 띄는 청바지를 꺼내 입었다. 허리가 꼭 조이기는 했으나 아직은 그런대로 견딜 만했다. 윗옷은 마땅치가 않아 검은색 폴라셔츠를 입었다. 펑퍼짐하게 부러오기 시작한 배가 마음에 걸렸다. 다시 옷장을 뒤져 처녀 때 입었던 바바리코트를 찾아냈다. 근래에 들어 입지 않고 걸어 두기만 했기 때문에 여러군데 주름살이 있었으나 괘념할 때가 아니었다. 나는 결혼 후에 별로 옷을 사입지 못했다. 그만큼 살림하기가 버거웠다.

화장도 하지 않은 채 그냥 핸드백만 챙겨들고 나왔다.

고속버스 터미널로 갈까하다가 서울역으로 가기 위해 지하철역으로 들어섰다. 평일 낮시간이어서 지하철역은 한산했다. 지하철역 스피커에서 오래된 팝송이 흘러나왔다. 내가 들어섰을 때 처음 곡은 모르는 노래였다. 그 곡이 끝나고 잠깐 잡음이 끼어들더니 이내 이브 몽땅의 〈고엽Les feuilles mortes〉이 풀려 나오기 시작했다. 그 곡은 전에 백화점에서 근부할 때 가을만 되면 귀에 못이 박히게 들었었다.

'Oh! je voudrais tant que tu te souviennes……'

이브 몽땅의 목소리는 솜사탕 같았다. 달콤한 그 소리는 귓

속으로 들어오면 그대로 녹아버렸다.

나는 그 노래가 너무 반가웠다. 그래서 한토막이라도 놓칠세라 열심히 들었다. 그때 음악을 밀어내고 띠릉! 띠릉! 경보음이 울렸다. 이어서 전동차가 들어오고 있으니 한발짝 뒤로 물러서라는 안내방송이 나왔다. 그 바람에 이브 몽땅은 어디론가 쫓겨나고 말았다.

나는 그 노래를 다 듣고 싶어 들어오는 차를 타지 않고 기다렸다. 이윽고 소란스런 시간이 지나고 다시 음악이 나오기 시작했지만 그건 이브 몽땅이 아니었다. 나와는 전혀 생소한 낯선 여자가 전혀 알아들을 수 없는 노래를 하고 있었다. 실망이 컸다. 이럴 줄 알았으면 아까 그 차를 탈 걸…….

시계를 보니 일곱시가 다 되어가고 있었다. 뒤늦게야 서울역으로 온 나는 서둘러 호남선 열차 무궁화호 목포행 기차표를 샀다.

목포역에 내렸을 때는 새벽 1시를 넘고 있었다.

나는 그때서야 내가 무모했다는 생각이 들었다. 숙소에 대한 대책을 빠뜨렸던 것이다. 어디로 가서 하룻밤을 지낼까 걱정이 되었다. 엄마한테 가면 그만이었지만 그리되면 갑자기 무슨 일인가 싶어 놀라실 테고, 동생들도 이것저것 성가시게 물어올 텐데 일일이 답변하기도 번거로울 것 같았다.

혼자 있고 싶었다. 그리고 내일 고향을 한바퀴 둘러보고 여건이 허락된다면 바닷가로 나가서 파도소리도 듣고 싶었다.

나는 가까이 보이는 여관으로 들어갔다.

유리문을 밀자 갑자기 짤랑! 짤랑! 하고 방울소리가 들렸
다. 깜짝 놀라 얼른 안으로 들어섰다.

"어서오세요."

사람은 보이지 않는데 목소리만 튀어나왔다. 또 한번 놀라
둘러보니 입구에서 제일 가까운 방에 지하철 매표구처럼 생긴
작은 구멍이 보였다.

"자고 갈랑가요?"

안에서 여자의 가는 철사 같은 목소리가 들렸다. 속으로 웃
음이 나왔다. 늦은 밤 여관으로 들어 온 사람보고 자고 갈 거
냐고 묻다니……. 그럼 동냥이라도 하러 온 줄 아나? 나는 속
이 불편해졌다. 그냥 나갈까 하다가 또다시 다른 집을 찾아가
같은 일을 반복해야 한다는 것이 귀찮아 사람이 나오기를 기
다렸다. 그러나 안에서는 TV소리만 들릴 뿐 사람이 나오지
않았다.

"저 좀 보세요!"

기다리다 못한 내가 짜증스럽게 소리치자 그때서야 마흔이
채 못되어 보이는 깡마른 아주머니가 느릿느릿 나왔다. 그 여
자의 얼굴에는 왜 TV연속극을 못 보게 하느냐 하는 신경질이
묻어 있었다. 보나마나 연속극도 재방송일 텐데…….

그 여자는 나를 보더니 놀라는 눈치였다.

"혼자랑가요?"

"네!"

"2층으로 올라가요!"

순간 겁이 더럭 났다. 왜 돈부터 받지 않을까? 혹시 내가 혼자인 걸 알고 방으로 들어가게 한 다음 몽땅 바가지를 씌울지 모른다는 두려운 생각이 들었다.

"잠깐요. 방값부터 계산해야지요."

"그건 이따 주어도 되잖혀!"

나는 당연히 그 여자가 고마워할 줄 알았는데 의외로 시큰둥했다.

"그래도 계산을 먼저해야……."

"아따! 성질 한번 급하구만잉. 긴 밤 자면 평일이니께 3만원 해주게."

긴 밤은 뭐고, 평일은 뭐며, 반말은 또 뭔가. 그러나 그것은 내 가슴속에 웅크린 불만이고 겉으로는 내색하지 못했다. 모든 게 처음인데다 늦은 밤이라는 것이 무서웠다.

나는 얼른 돈을 건네주면서 물었다.

"아주머니, 근처에 슈퍼마켓이나 김밥집 없나요? 아직 저녁을 못먹었거든요."

"오매! 지금이 몇신디…… 밖으로 나가서 오른쪽으로 쬐끔만 가면 만두하고 김밥 파는 집이 있는디 문 안 닫았능가 모르것소."

"고맙습니다. 얼른 갔다 올테니 그때 방을 가르쳐 주세요."

그렇게 해서 힘들게 방으로 들어 온 나는 방문을 꼭꼭 잠근 다음 자리에 앉았다. 오는 동안 기차 속에서 내내 잠을 잔 탓으로 쉬 잠이 올 것 같지 않았다.

　나는 허기를 면하려는 생각으로 김밥을 하나 입속에 넣었다. 그러나 입안이 마른데다 피로가 쌓여 목으로 넘겨지지가 않았다. 먹는 것을 포기하고 답답한 웃옷을 벗었다.

　집에 두고 온 홍희 생각이 났다. 혹시 내가 잠든 사이 남편이 전화를 했을지 모른다는 생각이 들어 휴대폰을 꺼내 보았지만 굵은 활자로 된 날짜 숫자만 꿈벅꿈벅 나를 되바라보고 있었다. 전화 한번쯤 걸어 줄지 모른다는 기대가 무너지자 남편에 대해서 섭섭한 생각이 들었다. 그래놓고 나는 스스로 웃음이 나왔다. 밉다고 혼자 도망쳐 나온 사람이 그 사이 전화 안 해주었다고 서운해 하다니……. 나는 잠자리를 펴지도 않고 맨바닥에 그대로 누웠다. 조금 전의 그 아주머니와는 달리 방바닥은 따뜻했다.

　혼자 누워 있으려니 갑자기 까닭모를 슬픔이 휘감겨 왔다. 기분도 점점 가라앉았다. 죽음이 무얼까 하는 생각이 스멀스멀 일어났다.

　'사람이 죽으면 어찌될까? 사후의 세계는 진짜 있으며, 있다면 어떤 것일까? 이승에서의 삶을 완성하지 않고 중간에 포기하면 사후의 세계에서 어떤 영향을 받게 될까? 불교에서 주장하는 대로 윤회한다면 모르지만 기독교에서 주장하는 대로 모두 천당이나 지옥으로 가는 거라면 인류가 탄생한 이래 그 많은 영혼들이 지금 그곳에 모두 모여 있을 텐데 복잡해서 어떡하나?

　이 세상에는 수많은 종교가 있는데 각 종교마다의 주장은 각각 다 옳은가? 아니면 그 중에 하나만 옳고 나머지는 그르다면 옳은 그 하나의 종교는 어떤 것이고, 그 결과에서 오는 혼란은 어떻게 수습될까?'

망상은 꼬리를 물고 이어졌다.

'다 부질없는 짓이야. 그저 살다가면 그 뿐, 그게 끝일 거야.'

죽음에 대해서 파고들다가 확실한 결론을 얻어내지 못하자 나는 슬금슬금 자신을 합리화 시키는 지점으로 돌아오고 있었다.

'그래, 누가 그랬더라? 신앙이란 그냥 믿고 따르는 것이라고. 그럴지도 몰라. 믿고 따르는 중에 위로를 받고, 새로운 용기를 얻는 게 신앙 아닐까? 그렇다면 누구라는 그 대상에는 관계가 없고……. 그 대상이 사악한 악마가 아니라면.'

여기까지 생각하던 나는 피식 웃었다.

'이러다가 내가 교주敎主가 되는 거 아냐?'

부질없는 생각을 지우고 잠을 자려고 해도 좀처럼 잠이 오질 않았다. 몸은 피로하여 소금물에 젖은 솜 같은데 의식은 또렷하게 눈을 뜨고 있었다. 이따금 그 늦은 시간에도 손님이 오는지 복도에서 이야기를 나누는 소리가 들렸다. 그 소리는 조용한 밤이라서 우렁우렁 울리면서 뭉개졌다. 그 소리 역시 신경을 건드렸다.

그렇게 불면으로 뒤척거리다가 새벽녘에야 겨우 설풋 잠이 들었다.

위험한 선택

　다음 날 눈을 뜨니 벽에 걸린 시계의 작은 바늘이 11과 12의 중간쯤에 와 있었다. 몸은 여전히 무겁고 눈에는 모래라도 들어간 것처럼 껄끄러웠다. 나는 눈만 뜬 채 그냥 누워 있었나. 잠들었던 사이에 남편으로부터 전화나 메시지가 왔나 확인했으나 여전히 아무런 연락도 없었다. 홍희가 생각났다. 밤 사이에 무슨 일이야 있을라구. 아무 일 없으니 연락이 없겠지.

　어제 오후에는 고향을 보고 싶은 생각이 불같이 일더니 막상 오고나니 피로한 탓인지 그다지 절실하지가 않았다. 변덕스러운 것이 인간의 마음이었다.

　나는 조금 더 쉬면서 결정하기로 했다. 그때 때르릉! 하고 전화벨 소리가 울렸다. 그 소리는 너무 갑자기, 그리고 크게 울렸기 때문에 심장이 금방 쿵쿵 뛰기 시작했다. 누굴까? 내가 여기 있는지를 누가 어떻게 알고 전화를 하는 걸까? 남편이라면 여기 전화번호는 어떻게 알고, 휴대폰을 두고 왜 여관 전화로 할까? 전화벨 소리는 빨리 받으라고 계속 강요했다.

나는 놀란 가슴으로 조심스럽게 수화기를 들었다.

"여보시오. 방청소를 해야니께 12시까지 방을 비워 줘야 되는디……."

어제 그 아주머니의 억센 사투리가 쏟아졌다.

휴! 나는 특별한 전화가 아니라는데에 안심했지만 가슴은 여전히 뛰었다. 그런데 12시까지 비우라니…….

"여보세요. 하루 숙박하게 되면 24시간을 사용할 수 있는 거 아닌가요? 저는 오늘 새벽에 들어왔는데요?"

"뭐시라요? 무신 24시간이라요? 어디든지 12시가 되면 비워 주는 거 모른다요?"

순간적으로 더 이상 아주머니와 입씨름을 벌여도 소용없으리라는 생각이 들었다.

"아, 그런가요? 제가 잘 몰라서요. 그런데 죄송하지만 제가 아직 준비가 되지 않아서 그러니 끝나는대로 바로 나갈께요. 죄송합니다."

"빨리 빨리 해주시오 잉!"

나는 모처럼 느긋하게 쉬려던 계획이 수포로 돌아가 아쉬웠으나 어쩔 수 없이 서둘러 나가야 했다. 해서 대충 차리고 나왔다.

고향에 와서 받은 첫대접이 씁쓸했다. 고향이란 이미지가 조금씩 으스러지고 있었다.

고향 목포의 이곳저곳을 둘러보려던 계획을 취소했다. 다른 데 가서 또 이런 대접을 받을까 두렵기도 했고, 무엇보다 아는 사람을 만날까봐 염려되었다. 만약 아는 사람을 만나게 되면 그 이야기는 곧 친정에 전해질 것이고, 그리되면 거기까지 갔으면서 엄마를 찾아보지 않았다는 비난을 받게 될 것이 두려웠다. 이런 생각을 미처 하지 못했던 자신이 실망스러웠다.

황망히 학교로 가는 버스를 탔다. 그리고 예전에 가끔 찾아갔던 바닷가로 갔다.

전에 즐겨 앉아 쉬던 바위는 그대로 있었다. 그러나 그 밑에 넓게 깔려있던 모래는 모두 쓸려나가고 거친 돌멩이들이 그 자리를 차지하고 있었다.

나는 옛날처럼 바다를 보고 걸터앉았다. 바다는 마침 밀물 시간이었나.

물결이 바람을 몰고 왔다. 갈매기 울음소리도 함께 밀려 왔다. 해무海霧가 짙게 깔려 시야는 멀리 나아가지를 못했다.

물결 밀려오는 소리가 쏴아! 쏴아! 들렸다. 그것은 바람의 울음소리였다.

나는 전날 밤부터 거의 굶고 있었으나 배가 고픈 줄 몰랐다. 위가 지쳐서 느낌의 기능을 상실한 것 같았다.

기운이 없었다. 무기력은 처량한 기분으로 바뀌었다.

괴로운 현실에서 벗어나고 싶다는 생각만이 간절했다. 앞으로 전개될 미래가 보이지 않았다. 해무 속의 섬이었다.

삶에 대한 의지가 하얀 노을처럼 퇴색해갔다.

생각이 점점 한 곳으로 모아지면서 가슴속에서는 두 사람의 수진이가 싸우기 시작했다.

'떠나라! 수진아. 마음 한번 다져 먹으면 모든 괴로움으로부터 탈출할 수 있는데 무얼 그리 힘들어 하니?'

'아니야! 자신에 대해서 무책임한 그런 나약한 수진이가 되면 안 되잖아! 그리고 예쁜 홍희와 뱃속에 있는 아기도 생각해야지! 너를 낳고 길러 준 엄마는 어떡하고?'

'인생의 큰 줄기를 생각하면 그런 건 모두 군더더기일 뿐이야. 그림도 그리다가 실패하면 버리고 새로 그리는 것이 좋아! 고쳐 그린다고 개칠해 보아야 점점 더 망칠 뿐이지. 이미 먹물이 뿌려진 그림을 고칠 수 있어? 고생만 되지 헛수고야.'

'인생하고 그림은 다르지. 어떻게 인생을 한낱 그림에 비교하는 거지? 그런 경박한 생각으로 하나뿐인 생명의 행로를 결정하려고 하다니……. 그런 너라면 너무 실망이야.'

'인생? 그게 무언데? 그거 별 거 아냐. 사람들은 생명사상이니 생명의 존엄성이니 하면서 거기에다 그럴듯하게 색칠을 하려고 하는데 그건 사치야. 물론 성공한 삶이야 당연히 즐겨야 하지, 그러나 누가 보아도 실패한 삶을 유지시켜 어쩌겠다는 거지? 얻어지는 게 무어야? 멸시와 조소밖에 더 있겠어?'

'생명의 가치를 너무 모르는군! 생명이라는 것은 그 자체만으로도 이 세상 어떤 것과도 바꿀 수 없다는 것을 왜 모르

지? 자기 생명이 있은 다음에 비로소 만물의 존재가 인정되
는 것이야. 자기가 없다면 나머지 것들이 무슨 의미가 있겠
어? 아니 의미는커녕 인식할 수도 없잖아. 요즈음 세태가 너
무 즉흥적이고 단편적으로 흐르는데, 그 이유가 모두 지금의
너같은 사고방식 때문이야. 조금만 더 자신에 대해서 성찰하
고, 삶에 대한 태도를 진중하게 가지면 지금 네가 무엇을 잘
못 생각하고 있는 게 보일 거야.'

'원칙적으로는 네 말이 맞아. 그렇지만 원칙이라는 것이 전
가傳家의 보도寶刀처럼 모든 것에 다 통하는 것은 아니지. 만일
그렇다면 처음부터 아예 원칙이라는 단어가 만들어지지 않았
겠지. 원칙이란 말은 상대적으로 예외가 있음을 인정한다는
전제 하에 만들어졌다는 것을 인정해야지. 안 그래?'

'가당치 않은 궤변으로 존귀한 생명을 욕되게 하지마! 다시
말하지만 생명은 절대적이야. 생명의 존재를 부정한다면 이
세상 모든 것을 부정하는 거야. 이 세상 모든 것을 부정하는
사람이 바로 너일 줄은 몰랐어.'

'비약시키지 마! 나는 전체를 부정하는 것이 아니라 실패한
극히 일부분에 대해서 이야기하는 거야.'

'실패했다는 것은 너의 가치 기준, 너의 인식이지. 그런데
지금 너의 가치 기준과 인식이 잘못된 거야. 검은 안경을 쓰
고 세상을 보면 세상이 모두 검게 보이지. 너의 그런 오류는
모든 것을 한 눈에 조감하고 통찰할 수 있는 절대자의 눈으로
보면 가소로운 거야.'

'그런 절대자가 있으면 왜 나 같은 사람을 그냥 두는 거지? 이건 우리 인간의 시각으로 판단해도 명확히 잘못된 거 아냐? 봐! 나와 홍희는 아무런 잘못도 없이 이렇게 됐잖아. 진짜로 절대자가 있다면, 그리고 제대로 된 절대자라면 바로 잡아주어야지. 그렇지 않고 보고만 있다면, 그는 선한 절대자가 아니라 잔인한 절대자지. 인간들에게 희로애락이라는 장난감을 주어놓고 그 노는 양태를 즐기는 것 밖에 더 돼?'

'절대자의 뜻과 권능에 대해서 왈가왈부하는 것은 월권이야. 인간들은 그분의 내면에 숨겨진 내용을 몰라. 그건 그분이 알아서 할 일이야. 두고 봐! 반드시 그분이 나서서 해결하는 날이 올 테니.'

'언제? 우리 인간들이 제 풀에 다 쓰러져 없어진 뒤에?'

'그것이 바로 그분이 할 일이라니까. 그렇게 되는 것 그 자체가 그분의 뜻일 수도 있어.'

'말 가지고 유희하지 마! 설명할 수 없거나 불가능한 건 다 그리로 떠넘기고 미꾸라지처럼 빠져가는 너를 신뢰할 수 없어. 그래서 내 의지대로 하려는 거야.'

'다시 말하지만 지금 네가 저지르려는 일을 한 걸음 떨어져서 객관적 시선으로 봐봐! 벽을 코앞에다 두고 보면 벽이 무엇인지 몰라. 좀 떨어져서 냉정한 마음으로 보아야 비로소 무엇인지, 어떻게 생겼는지 알 수 있어.'

'더이상 나를 설득하려고 하지 마! 정말로 그럴 거라면 지금 내 앞에서 절대자가 있다는 것을 증명해 봐!'

'그건 내가 할 수 없어. 그분의 일이니까.'

'거 봐! 너는 또 피하잖아!'

'피하는 게 아냐. 사실이 그래. 그걸 알려거든 깊게 그리고 멀리까지, 이성의 눈으로 봐!'

'그러기에는 너무 절박하고, 감당할 힘도 없어. 그러니 말리지 마. 이대로 남아 있으면 초라하고 추한 모습만 보일 뿐이야. 그것은 내 자존심이 용납하지 못해. 그래서 모두 훌훌 털어 버리려는 거야.'

지킬 박사와 하이드가 그랬을까?

나는 현기증이 났다. 눈을 감았다. 파도가 부서지는 소리 속에 갈매기 울음이 섞여 있었다. 그대로 영원히 깨지 않는 잠 속으로 숨어버릴 수 있었으면 좋겠다는 생각이 들었다.

몸이 으스스 떨리고 기침이 나왔다. 그때서야 아직 아무것도 먹지 않은 사실이 떠올랐다. 뱃속의 아가가 걱정되었다.

나는 전쟁에서 진 패잔병처럼 참담한 몰골로 일어섰다. 버스 타는 곳까지 겨우 왔을 때, 버스는 한 발짝 앞서 지나가고 있었다. 나는 있는 힘을 다하여 뛰었지만 달리고 있다는 것은 나의 느낌일 뿐이었고, 사실은 유치원생만큼도 달리지 못했다. 거의 하루를 굶었고, 뱃속의 아가까지 내게 매달렸으니 빨리 달리는 게 이상했을 것이다. 나는 휑뎅그레한 버스 정류장에서 조금만 빨리 올 걸하고 후회했다.

그곳에서 한참 떨어진 산밑에 삼십여 호쯤 되는 집들이 옹기종기 모여 있었다. 군데군데 기와집도 있었지만 박정희 대

통령 시절에 개축했을 법한 파랗고 빨간 양철지붕들이 대부분
이었다. 그 마을의 지붕은 70년대 초반에서 조금도 앞으로 나
아가지 못하고 그대로 머물러 있었다.

버스 정류장의 시멘트 의자는 통나무를 두 쪽으로 쪼갠 것
처럼 만들어져 있었다. 시멘트 특유의 차가운 촉감만 아니라
면 진짜 통나무라고 깜빡 속을 만하였다.

한참을 앉아 있어도 지나가는 사람이 없었다.

나는 버스가 언제 올지 그게 궁금했다. 그때 마을 쪽에서
탕탕거리는 소리가 들리더니 머리가 하얗게 센 할아버지 한
분이 경운기를 몰고 다가왔다. 나는 손짓을 하여 그 할아버지
가 멈추게 한다음 물었다.

"할아버지, 말씀 좀 여쭙겠는데요, 버스 이제 언제쯤 올까
요?"

"으응! 사십 분마다 한 번씩 지나간께 계산해 보시구랴."

그렇다면 버스 지나간 지가 십여 분 되었으니까 아직 삼십
여 분은 족히 남아 있었다. 그때까지 기다려야 한다고 생각하
니 아득했다. 또 버스가 온다고 해도 마땅히 갈 곳도 없고,
몸도 많이 지쳐 있었다.

"할아버지 이 근처에 하루 저녁 쉴 만한 곳이 없을까요?"

할아버지는 내 모습을 위아래로 한번 쓰윽 훑어보더니 이상
한 여자 다 보겠다는 표정으로 대답했다.

"저 동네 우측 끝집이 낚시꾼들이 쉬어가는 민박집이기는
헌디, 어떨능가 모르것소."

"아, 그래요? 감사합니다."

나는 그 할아버지가 민박집을 새로 지어준 것만큼이나 고마웠다. 그래서 허리를 깊이 숙여 꾸벅 절을 했다.

할아버지는 아무 말 없이 고개만 가볍게 숙여 인사를 받더니 다시 탕탕거리며 갈길을 갔다. 기우는 햇빛이 할아버지의 등에 붙어 있었다.

버스가 다니는 큰길에서 마을로 들어가는 농로로 접어드니 이미 한물이 가 앙상하고 추하게 처진 코스모스대가 좌우로 을씨년스럽게 서 있었다. 모르긴 해도 그 동네에 사는 초등학생들이 고사리 손으로 심었을 게 분명했다. 나도 어렸을 때 선생님의 지도를 받아가며 그랬었으니까. 뒤늦게 핀 작고 못생긴 꽃 몇 개가 드문드문 늦가을 바람에 흔들렸다.

민박집은 깨끗하고 아담했다. 집의 앞면이 정남향이어서 겨울이면 햇볕이 잘 들 것 같았다. 집은 약간 높을 곳에 위치하고 있고, 앞 벽면이 거의 통유리로 되어 있어 바다를 한눈에 조망하고 있었다. 말이 민박집이지 별장 수준이었다.

나는 피곤하고 지쳐 있으면서도 집이 마음에 들어 기분이 좋았다. 비록 하룻밤을 지내고 갈망정.

거실에는 크고 작은 수석들이 꽉 차 있어 주인의 취향을 짐작케 해주었다.

주인 아주머니는 깔끔하고 예의가 깍듯했다.

대충 보기에 환갑을 넘어 보이는데도 한 치 빈틈없이 또박또박 경어를 써주었다.

아주머니는 내가 혼자라는 것과 임산부라는 것을 알고 난 후, 부탁하기도 전에 식사를 자기네와 같이 하자고 했다. 가족 모두 친절했다. 나는 매우 허기가 졌으나 그런 내색을 하지 않고 기다렸다가 그 가족들 틈에 끼어 함께 저녁을 먹었다.

다정한 사람들과 함께 하는 식사는 즐거움이었다.

저녁 식사 후 나는 내게 정해진 방으로 왔다.

손님방은 모두 네 개였는데 투숙자는 나 혼자였다. 쌓였던 피로가 한꺼번에 쏟아졌다. 아주머니께 부탁하여 편지지로 쓸 백지를 몇 장 구해다 놓고 자리에 누웠다. 또다시 갖가지 상념이 일어서려 했으나 애써 밀어내고 잠속으로 들어갔다. 오랜 피로 끝에 맛보는 잠은 너무 달콤했다.

나는 새벽에 일어나 커튼을 밀어내고 유리벽 앞에 섰다. 멀리 바닷가에는 가로등 하나가 외롭게 서서 작은 목선 하나를 발 아래 붙잡아 놓고 파도를 불러 모으고 있었다. 파도는 살아 있는 동물들처럼 불빛 밑으로 꾸역꾸역 모여 들었다. 나머지 공간은 온통 먹빛이었다.

나는 고개를 흔들어 몇가닥 남은 잠을 마저 털어내고 방바닥에 엎드려 편지를 쓰기 시작했다. 엄마가 먼저 떠올랐다. 정신이 또렷이 맑아져 왔다.

엄마!

나 수진이야! 그리고 보니 나 엄마에게 처음으로 편지를 쓰는 거네. 그런데, 어쩌지? 이 처음 쓰는 편지가 마지막 편지가 될 것 같애! 미안해!

엄마!

나 지금 여기 해제로 들어가는 입구에 와 있어. 사실은 어젯밤 갑자기 고향에 오고 싶어서 밤차로 내려 왔어. 안 그랬으면 이 편지도 집에서 컴퓨터로 썼을 거야. 편지를 통해서 엄마를 만나는 것도 속상한데 차가운 기계를 통해서 만났더라면 더 정이 안 갔겠지? 그러니까 엄마, 딸 글씨가 이쁘지 않아 읽기가 불편해도 그냥 읽어 줘! 엄마는 내 말은 무엇이든지 잘 들어주었잖아.

엄마!

나, 엄마한테 진짜 진짜 미안해! 나 이 세상이 너무 힘들어 포기하려고 해. 엄마가 얼마나 힘들게 낳아서 키워 주고, 공부시켜 준 딸인데, 이렇게 엄마보다 먼저 간다고 이별의 글을 쓰게 되다니……. 나도 이런 일이 수긍이 안 돼! 내가 어쩌다 이렇게 되었는지 나도 모르겠어.

엄마!

나, 에이즈 바이러스에 감염되었대. 엄만 에이즈가 무언지 알아? 이 병은 지금은 현대의학으로도 치료가 안 된대. 그런데 치료가 안되는 건 다른 병도 그런 게 있으니까 견디겠는데, 문제는 사람들의 시선이야. 이 병은 걸리게 되는 과정이 너무 더러워서 만일 내가 이 병에 걸렸다는 것을 사람들이 알면 아마 날 징그러운 뱀, 아니 그보다 더 더럽게 볼 거야. 그런 수모와 모멸을 받고 살기 싫어서 떠나려고 해.

엄마는 나한테 바보라고 야단칠 테지만 나로서는 어쩔 수 없었어. 이런 결정을 하기까지 나 많이 힘들었어. 엄마도 생각해 봐. 나이가 서른을 넘은 애 엄마가 자기를 닮은 예쁜 딸과 머지않아 태어나게 될 아가까지 함께 데리고 다시는 돌아오지 못할 곳으로 가기로 결정을 한다는 게 어디 쉬웠겠어?

내 눈에는 앞으로 다가올 일들이 모두 회색이다 못해 검정색이더라구. 캄캄한 세상에서 살아간다는 게 두렵고 무서웠어. 나 혼자였다면 이런 결정 안 했을 거야. 홍희와 새로 태어날 아가가 헤쳐나가야 할 고난을 생각하니 너무 미안하고 안타까웠어. 그 고난을 다른 사람 아닌 제 엄마가 물려주어야 할 운명 앞에 서 있는 이 수진이의 심정을 엄마는 짐작할 수 있겠어?

강한 엄마를 닮아 나도 강하리라고 생각했었는데. 막상 부딪치게 되니 그렇지 못했어. 나는 엄마의 반도 따라가지 못하는 바보인가 봐!

엄마!

나, 어제 아무도 모르게 혼자 내려왔어. 여기 목포에서 해제반도로 들어가는 입구에 있는 민박집이야. 엄마한테 갈까 하다가 엄마 앞에 서면 마음이 약해질까봐 안 가기로 했어. 나 지금 엄마 많이 보고 싶어. 엄마 앞에서 모두 털어놓고 울고도 싶어. 엄마는 딸의 이런 심정을 모르지? 미안해!

엄마!

사람이 죽으면 어떻게 되는지 엄마는 알아? 어린 생명을 둘씩이나 억지로 데리고 가는 나는 아마 많이 혼나겠지? 내가 감당할 수 없어 부득이 했다고 설명하면 용서해 줄까?

떠나야겠다고 결정은 했지만 저 세상으로 가는 것이 무섭고 두려워. 어떤 새로운 미래가 있을까, 아니면 떠나는 것으로 끝일까?

엄마!

나 가고 난 뒤 엄마 혼자 나 생각나면 어떡하지? 그때는 엄마가 못된 년이라고 나무래도 이해할게. 그러니까 이 딸 생각날 때는 막 욕하고 화를 내! 그러면 쉽게 풀어질 거야. 엄마 가슴에다 큰못을 박아 놓고 가면서 예쁜 소리만 한다. 그치?

엄마!

나 이제 엄마에게 편지 쓰다보니 마음이 많이 편해졌어.

아하! 그렇네! 엄마도 이다음 나 보고 싶으면 편지를 써. 편지를 쓰니까 그 사이 마음이 가라앉네. 내가 하늘에서 내려다보며 읽는다고 생각하면 마음이 더 풀어질 거야.

엄마!

이제 그만 쓸게. 진작 이렇게 편지도 쓰고 그럴 걸. 미안해, 엄마! 엄마, 사는 날까지 건강하게 잘 지내다가 와. 딸이 먼저 가서 기다릴게. 그리고 그곳에서는 또다시 엄마보다 먼저 가지 않을게. 그때까지 안녕, 엄마!

엄마에게 보낼 편지를 쓰고 나니 새벽 두시였다.

나는 마음을 다그치며 남편에게 보낼 편지를 마저 쓰기 시작했다.

여보!

놀래지 말아요. 홍희 데리고 먼저 다른 세상으로 갈게요. 당신에게도 사랑스런 딸인데 허락도 없이 내가 데리고 가는 거 용서하세요. 내 판단으로는 이것이 최선일 것 같아서 선택했어요. 당신이나 나는 어쩔 수 없다 처 포기할 수 있었지만 홍희와 새로 태어날 아가를 생각하면 견딜 수 없었어요. 생각해봐요. 홍희와 아가의 앞날에 어떤 고난의 시간이 다가올지……. 이대로 그냥 두면 두 아이가 어떻게 되겠어요?

여보!

처음 이 길을 가기로 결정할 때 당신과 상의할까 생각했었어요. 그래서 몇 번이나 망설였으나 결론은 혼자 책임지는 것이 낫겠다는 거였어요. 솔직히 당신이 미워서 그랬어요. 사랑하는 만큼 미웠어요. 내가 당신을 사랑하지 않았다면 이렇게까지 밉지 않을지도 모르지요. 그런 사람이니까 하고 체념하면 내 마음을 쉽게 거두어들일 수 있었겠지만 다정도 병이라는 누구의 글대로 사랑하니까 사랑하는만큼 밉네요.

여보!

지금쯤 당신이 깨닫고 있는지 모르지만 당신은 나를 엄청나게 배신한 거예요. 물론 당신이 의도적으로 그리한 게 아니라는 건 알지만, 그걸 깨닫게 된 것은 나중이고, 정말 견디기 힘들었어요. 그래서 이 길을 선택했습니다.

여보!

당신은 자신에 대해서 반성은 하지 않고 나에게 혐의를 두었지요. 온 가족이 나락의 구렁텅이로 빠지는데 그 원인에 대한 책임회피 방법으로 나를 끌어들이는데만 급급했잖아요.

지금 다시 묻고 싶어요. 그것이 당신의 진심이었어요? 그럴 때 내가 느끼는 감정은 어떠했겠어요? 반대로 내가 당신을 그렇게 몰고 갔다면 당신은 어떠했을까요?

여보!

이제 와서 이런 것들을 핑계 삼아 떠남으로 해서 당신께 부담을 주고 싶은 마음은 없어요. 그러나 그때 내 마음이 어떠했을까 하는 것만은 생각해 주었으면 해요.

나, 지금은 모두 운명이라고 받아들이고 있어요.

운명의 여신이 마련해 준 길을 따라 오다보니 여기까지 온 거라고 마음을 정리하기로 했어요. 그렇게 생각하니 담담하네요.

그간 저 혼자 나름대로 생과 사에 대해서 많이 번민했어요.

그런데 제 생각의 무게 추는 자꾸만 아니다라는 쪽으로 기울었어요. 그때마다 억지로 반대편으로 돌려놓았지만 돌아서면 언제인지 모르게 아니다라는 쪽으로 다시 기울어져 있었어요. 인간의 마음은 묘한 것이어서 아니다라고 생각하니 진짜 아닌 것으로 되더군요. 결국은 제가 졌어요.

여보!

당신을 욕하고 비난하려던 마음이 바뀌어집니다. 거꾸로 내가 미안하다고 말하고 싶어져요. 왜 그럴까요? 아무래도 혼자 남을 당신이 마음에 걸리네요.

　끝으로 하나만 물을게요. 나는 당신에게 어떤 의미였나요? 당신의 마음속에 나의 자리는 얼마만큼이었으며, 내가 떠난 뒤에는 어떻게 할 건가요? 떠나면서 뭐 그런 걸 묻느냐고 힐책하지 말고 꼭 이야기해줘요. 아니, 당신의 답을 내가 들을 수가 없겠네요. 꼭 확인하고 싶은데…….
　여보!
　새벽이 오네요. 빛이 어둠을 걷어 내듯이 우리 가정의 불행도 걷어간다면 얼마나 좋을까요.

　여기까지는 단숨에 써내렸지만 더 이상은 쓸 말이 떠오르지 않았다. 수돗물이 잘 나오다가 갑자기 끊긴 것처럼 그걸로 끝이었다.
　다시 피로가 밀려왔다. 나는 그대로 엎드려 지금부터 할 일을 생각해 보았다.
　'이제 서울로 올라가는대로 주변을 정리하자. 누가 보아도 단정한 삶이었다고 수긍하게 깨끗이 정리한 후에 실행에 옮기자. 그런데 방법은? 약? 바다에서? 아니 한강으로 가자. 그러면 때는 언제로 할까? 어차피 끝낼 바에야 미룰 이유도 없잖아. 가능한대로 빨리…….'
　어느새 햇빛은 방안에 남아있던 어둠의 찌꺼기까지 모두 몰아내고 점령군으로 들어와 있었다. 모든 것 다 잊고 다시 한숨 자고 싶었다. 나는 이불을 당겨 머리까지 뒤집어썼다.

계속되는 방황

　서울로 올라온 다음 날, 아침부터 내린 비가 오후나절까지 내리고 있었다. 아니, 보다 정확히 말하자면 내가 잠들어 있던 어젯밤부터 시작하여 그때까지 계속되고 있었다. 을씨년스럽게 부슬부슬 내리는 품이 전형적인 가을비였다.

　어제 내가 집으로 들어오는 걸 본 남편은 한마디의 말도 없이 내 몸에 구멍이라도 뚫을 것처럼 흘겨보더니 휑하니 나가 버렸다. 그리고는 술에 완전한 포로가 되어 자정이 넘어서야 들어왔다. 혀가 꼬이고 몸은 연체동물처럼 흐느적거렸다. 여전히 말을 하지 않았다. 나로서는 다행이었다.

　늦게서야 일어 난 남편은 아침 겸 점심을 먹고 나서 다시 눕더니 잠만 잤다. 평소 같았으면 응당 깨워서 취직할 곳을 알아보라고 채근했겠지만 나는 그러지 않았다. 모든 게 싫고 무의미하게 느껴졌다. 홍희도 잠들어 한낮인데도 집안에서 눈을 뜨고 있는 사람은 나 혼자였다.

침대에 누워있던 나는 나무늘보처럼 천천히, 아주 천천히 일어나 거실로 나갔다. 그러나 거실에서는 동작 빠르게 털썩! 소파에 몸을 던지고 멍하니 앉아 있으려니 따끈한 커피 한 잔이 생각났다.

나는 다시 주방 쪽으로 갔다. 싱크대에는 점심 식사 후에 팽개쳐 두었던 그릇이며 숟가락 등이 그대로 널브러져 있었다. 수도꼭지를 돌리고 아무렇게나 눈에 띄는 스테인리스 국그릇에 물을 받아 가스레인지 위에 올려놓았다. 그리고 천천히 벽에 붙어 있는 가스호스의 밸브를 열었다. 다시 레인지의 스위치를 돌리자 파란 불꽃이 솟아올랐다.

그릇의 벽면에 작은 공기 방울이 엉키더니 커피물은 금방 끓어올랐다. 나는 조금 전 행동의 역순으로 레인지 스위치를 끄고 밸브를 잠갔다. 커피잔을 가져다 옆에 놓고 물을 옮겨 부으려고 스테인리스 그릇을 잡으려던 나는 기겁을 했다. 그릇에 닿았던 엄지와 검지의 끝부분이 금방 빨갛게 익어 버렸다.

수도를 틀었다. 물이 쏴아! 하고 시끄러운 소리를 내며 쏟아졌다. 손을 수도꼭지 밑에 댔다. 화끈거리던 손이 시원해졌다. 오른손은 그대로 둔 채 왼손으로 선반에 있는 커피병을 내렸다. 그러나 한손으로는 뚜껑을 돌려 열 수가 없었다. 뜨거운 그릇을 만져 덴 손이 미워졌다.

'멍청하긴……. 금방 물을 데웠으니 뜨겁다는 것을 알고 있었어야지. 에라 고소하다. 어디 덴 손가락으로 고생 좀 해봐라.'

나는 두 손으로 우악스럽게 뚜껑을 열었다. 그리고 가까이에 있는 밥수저로 커피를 덜어 스테인리스 그릇에 부었다. 커피 스푼을 찾는 것도 귀찮았다. 설탕도 크게 한 숟가락을 넣고 휘! 휘! 저었다. 프림은 싫어했으므로 커피 타는 일은 그것으로 끝이었다.

내가 그렇게 소동을 피우는데도 두 사람은 여전히 자고 있었다. 나는 커피가, 아니 스테인리스 그릇이 식기를 기다리기로 했다.

비내리는 모습이 보고 싶어졌다. 발코니로 나가는 미닫이문을 열었다. 삐익! 소름이 끼칠만큼 징그러운 소리가 퍼져 나갔다. 여러 가지가 신경을 건드렸다.

발코니로 나가니 차가운 공기가 기다리고 있었다. 그리고 열린 문의 공간을 통해 우우 하고 떼를 지어 거실로 몰려 들어갔다. 조금 전의 그 문소리가 마음에 걸렸으나 그렇다고 찬바람이 계속 거실로 유입되도록 그냥 둘 수도 없어 두 눈을 감고 미닫이를 힘껏 밀었다. 아니나 다를까, 삐익! 그 징그러운 금속성은 다시 한번 조용한 집안을 흔들었다. 그래도 안방에서는 아무런 기척이 없었다.

나는 고개를 들어 멀리 도봉산을 바라보았다. 도봉산은 내리는 빗줄기에 가려 뿌우옇게 보였다. 그 뿌우연 도봉산과 삶의 의지를 잃어 탈색된 내가 많이도 닮았다는 생각이 들었다.

'아니지, 저 산은 이 비가 그치면 다시 더 해맑은 모습으로 솟아오르겠지만 나는…….'

저절로 어깨가 늘어졌다. 계획했던 일을 점검했다. 그러나 막상 떠나려고 하니 마지막으로 그리운 사람들이 보고 싶어졌다.

나는 무엇을 어떻게 할지, 판단력을 잃어가고 있었다. 다시 안절부절못했다. 괴로운 현실을 떠나기로 결정을 한 뒤부터 나의 감정은 고삐풀린 망아지처럼 정상正常에서 일탈했다. 이성은 주어진 궤도대로 가자고 제어했지만 감정은 통제권을 벗어나 멋대로였다.

다시 여행준비를 했다. 그러면서 인생을 마무리하기로 최종적으로 결정했다. 그렇게 결정을 내리니 마음이 차분해졌다. 이제 정해진 길로 가기만하면 되었다. 조급할 게 없었다. 그러나 우선은 남편이 눈치를 채지 못 할 곳을 찾아야 했다. 들키면 수포로 돌아 갈 테니. 퍼뜩 엄마의 바로 밑 동생, 신림동의 이모가 떠올랐다. 그곳이라면 평소에 왕래가 별로 없었으니 남편이 쉽게 예상하지 못할 것 같았다. 그곳에서 가능한 대로 며칠 쉬면서 마지막 마무리를 하고 다음의 곳으로 옮겨야겠다고 마음을 먹었다.

이모와 나는 소원한 사이가 아니었다. 내가 어렸을 때는 이모부가 광주 상무대에서 근무했기 때문에 가끔 만날 수 있었다. 그리고 이모와 나는, 아니 이모부까지 포함하여, 서로를 마음으로 인정하고 이해해주는 사이였다.

나는 이모네 집으로 갔다. 이모는 신림동에서 고시 준비생들을 상대로 고시원을 운영하고 있었다. 이모네 형편으로 굳이 그러지 않아도 편안한 노후를 보낼 수 있었지만 그냥 손을 놓고 편편히 놀며 시간을 보낼 이모가 아니었다.

"육신이 멀쩡혀서 움직일 수 있으면 무신 일이든지 혀야 혀! 살만하다고 혀서 쌀만 축내면 살 가치가 없지. 어떻게 사람이 돼지처럼 놀고 먹는다냐? 사람이란 사람답게 처신할 때 비로소 사람인 거여."

이것이 이모의 평소 소신이었다. 그래서 장성한 아들도 결혼시키자마자 분가를 시키고 두 내외분만 따로 살고 있었다.

나는 그렇게 소신과 주관이 분명한 이모가 좋았다.

"오매! 우리 수진이가 어쩐 일이다냐?"

이모는 여전히 전라도 사투리를 써가며 반갑게 맞아 주었다. 이모는 육군 장교였던 이모부를 따라 전국을 돌며 살았건만 특유의 전라도 사투리만은 육십이 넘은 지금까지도 버리지 못했다. 그것은 이모의 두뇌가 둔해서가 아니었다. 약삭빠른 것을 싫어하는 성격 때문이었다. 그런 이모이니만치 작은 일에는 신경을 쓰지 않았다.

"그런 것이 무신 문제라냐? 사람이란 자기 일에 충실허고, 혀야 할 도리만 다 허면 되는 거여."

내가 이모부 체면도 있고 하니 사투리 쓰는 것을 고치면 좋겠다고 말씀드렸더니 떨어진 통박이었다. 이모는 옳고 그름이 명확하고, 무슨 일이든지 마음먹은 일이면 기어이 해내어야 밥숟가락을 들었다. 그런 성격은 이모부와 절묘하게 맞아 떨어졌다. 대령으로 예편한 이모부는 지금은 건강이 좋지 않아 쉬고 계셨지만 젊었을 때는 불같은 성정性情 그대로 괄괄하게 살아오신 분이었다.

어쩌다, 그랬다, 진짜 어쩌다였다. 농사일을 하시기 때문에 한 곳에 붙박이였던 아버지와 늘 바쁘게 국가의 명령대로 사시는 이모부가 만날 때는 동네 가게의 술이 동나는 날이었다. 두 분은 술을 드시면 서로 한 치의 양보가 없었다. 아버지는 당신이 손위이기 때문에 그랬고, 이모부는 타고 난 천성 때문에 그랬다. 술상 위에 올려지는 화제는 대체로 그때그때의 시사가 주류였다. 그럴 때면 아버지는 대체적으로 보편타당한, 공자가 미처 못 다하고 가신 말씀을 찾아냈고, 이모부는 처음부터 끝까지 자기의 성城 위에 서서 공격했다.

이렇게 설명하면 그 술자리가 살벌한 게 아니었을까 짐작할지 모르는데 그 반대였다. 신기하게도 두 분은 자기의 주장을 충분히 펴 나가면서도 한 번의 충돌사고도 일으키지 않았다. 그것은 두 분의 역량이었다. 자기의 주장을 충분히 피력하면서도 상대의 의견을 뭉개버리지 않는 겸양과 기술이 두 분에게는 있었다. 그러니까 두 분은 젊은 사람들의 말로 죽이 잘 맞았다. 내 기억 속의 이모부는 그랬다.

"죄송해요. 마음은 그렇지 않은데 어쩌다보니 자주 찾아뵙지를 못했네요."

“무신 소리냐. 나도 니가 서울로 올라 왔다는 소식은 들었으면서도 가보지를 못했구나. 네가 보다시피 나는 이렇게 고시생들 식사를 챙겨 주어야 허기 때문에 하루도 집을 비울 수가 없어. 그런데 전화도 없이 갑자기 웬 일이라냐?”

“꼭 무슨 일이 있어야 오나요. 그냥 이모가 보고 싶어 왔어요.”

“그래, 잘 왔다. 그래야지. 최 서방도 잘 있고?”

“예! 그런데 이모부는 어디 가셨어요?”

“응, 어제 친구하고 둘이 소양혼지 어딘지, 낚시하러 가셨다. 늘그막에 낚시를 배우더니 이제는 아주 맛을 들였어. 아마 모래나 되어야 올 거다.”

서로 안부를 물으면서도 나는 언제, 어떻게 내가 오게 된 이유를 말할까, 마음이 편치 않았다.

“참, 니 엄마한테 들었는디, 니 애기가 그렇게 잔병치레가 심하다면서? 고생이 많것구나. 요즈음은 어떠냐?”

“그러게요. 지금도 그래요. 오늘도 데리고 오려다가 그래서 두고 왔어요.”

나는 시치미를 떼고 거짓말을 했다. 심장에서는 나를 꾸짖는 소리가 쿵쿵 울렸다.

“왜, 병원에 가보잖고?”

“당연히 갔었지요. 그런데 의사들도 잘 모르겠대요.”

“거 참, 무신 일인지 모르겠구나. 의사들이 모르는 병이라니……. 내가 잘 아는 용한 점쟁이가 있는디 한 번 물어 봐주라?”

“이모두 참, 지금이 어떤 세상인데 점쟁이가 뭐예요. 이모답
지 않게 그런 걸 믿으세요?”

“니가 그렇게 말허니께 내가 무안허다만 꼭 그렇지만도 않
더라. 그것이 맞는지 안 맞는지 모르것다만 그래도 그렇게라
도 물어 보고나면 속은 좀 편해지더라.”

“맞아요. 그건 어디까지나 심리적으로 다소 안정을 줄 뿐이
지 맞는 게 아녜요. 만일 그게 맞는 거라면 그 많은 병원이
어떻게 먹고 살고, 왜 묘지가 모자란다고 아우성이겠어요? 그
건 마음이 약한 사람들의 허점을 이용하는 기만이고, 상술일
뿐이에요.”

“그렇지만 그것이 그렇게 허무맹랑한 것이라면 왜 진작 없
어졌어야지 지금도 남아 있다냐?”

“난 이모가 이해가 안 돼요. 전에는 그렇게 합리적이고 이
성적이던 분이 오늘은 전혀 엉뚱한 말씀을 하시니 제가 꼭 석
기시대에 살고 있는 분을 만나는 느낌이네요. 아니 언제부터
그런 데에 관심을 갖게 됐어요?”

“야가 오랜만에 와서는 지 이모를 쥐고 흔드네.”

나는 당황했다. 옛날과 전혀 다른 이모의 모습이 그렇고,
괜스레 이모의 기분을 상하게 해서 내가 여기까지 오게 된 소
기의 목적을 이루지 못하게 될까 봐 조심스러워졌다. 하기야
이런 작은 일로 어떤 일에서 중요한 핵심을 놓칠 이모가 아니
기는 하지만.

“쥐고 흔들다니 아녜요……. 저는 항상 이모의 팬이잖아요. 지금도 마찬가지고. 그렇지 않으면 제가 왜 왔겠어요. 이모를 좋아 하니까 보고 싶어 왔다니까요.”

“야가 이제는 소쿠리 비행기에 태우고 흔들어대네. 그렇게 허고싶은 이야기 밖으로 돌지 말고 이야기혀, 이것아! 뭐가 필요허냐?”

“우와! 우리 이모 심리학 박사시다. 내가 무엇이 필요해서 왔다는 거 어떻게 아셨어요?”

“내 눈에는 다 보인다잉. 눈을 똑바로 뜨고 살면 그런 것 정도는 보이는 거여. 그래, 뭐가 필요허냐? 돈?”

“……”

“얼마나 있어야 되는디? 말혀 봐. 내가 헐 수 있는 거라면 혀 주마”

“이모 앞에서는 꼼짝도 못해. 이모! 사실은 저, 돈이 필요한 게 아니고 휴식이 필요해요. 이모 집에서 얼마 동안만 좀 쉴 수 없을까?”

“야가 무신 소리 허는 거여. 왜 최 서방허고 싸웠냐? 무신 일로?”

“이모는 참, 제가 언제 싸우고 집 나온 적 있었어요. 그냥 좀 쉬고 싶어서 그런다니까요.”

“안된다. 사람이 싸우고 나면 바로 풀어야 허는 것이다. 싸우고 나서 바로 풀지 않으면 더 큰 오해를 갖게 되는 거여. 그리고 말도 허는 때가 있는 것이다. 모든 일은 때를 놓치고 나중에 다시 허려고 허면 힘들어져야. 다른 일이라면 내 다 들어 줄 수 있다만 그것은 안된다. 그건 내가 너를 도와주는 게 아니여. 섭섭허게 생각허지 말고 그런 일이라면 내 말대로 돌아 가그라. 가서 니네 둘이 풀어. 부부간에 일은 부부간에 푸는 것이지, 다른 사람이 풀어 줄 수 있는 것이 아니다."

"싸운 게 아니라 얼마 동안만이라도 좀 떨어져서 생각할 일이 생겨서 그래요. 이모."

"니네 친정에서도 알고 있는 일이냐?"

"아니요. 엄마가 아는 일이라면 제가 왜 이모한테 와서 귀찮게 하겠어요. 엄마한테 가지 않으려니까 이모한테 왔지."

"야가 무신 일인지 모르것네. 이 이모가 알면 안되는 일이냐?"

"죄송해요, 이모. 나중에 때가 되면 말씀 드릴 게요."

"너. 그럼 최 서방도 모르게 왔구나?"

"네! 죄송해요."

"죄송헐 것까지는 없다만 무신 일인지 께름칙허구나. 알았다. 허기사 오죽허먼 니가 그러것냐. 맘 놓고 쉬거라."

"고마워요, 이모! 그런데 이모, 이것은 이모하고 나 둘만의 비밀이야. 최 서방과 우리 엄마는 물론이고 누구한테나……. 이모부한테도 말하지 마! 알았어요?"

"애물단지 하나 들어 왔네. 그려, 알았다."

그렇게 나는 어렵게 이모 집에서 당분간 쉴 수 있게 되었다.

그러나 도둑이 빈 집에서 잠자는 것처럼 그렇게 쉬운 일만
은 아니었다. 다음, 다음 날, 낚시에서 돌아오신 이모부의 레
이더에 며칠째 방안에서 두문불출하는 내가 수상하다고 포착
된 것이다. 이모부는 처음 며칠은 그냥 다니러 온 것이려니
생각하시고 예사로 넘어 갔으나 닷새가 넘어가자 옛날 군대시
절 부하 장병들의 신상을 파악하던 날카로운 심리 탐색 실력
이 되살아났다. 그래서 처음에는 이모를 상대로 탐문을 했으
나 이모는 워낙 주관이 뚜렷하고, 나와의 의리를 약속했던 터
라 쉽사리 정보를 제공하지 않았다. 그러자 이모부는 직접 신
문하기로 하신 것 같았다. 이모가 시장에 가느라 집을 비우자
이모부가 불렀다. 이모부는 거실에 있었고 나는 비어있는 하
숙생 방에 있었다.
"조카! 이리 와봐!"
이모부는 내가 어렸을 때는 이름을 불렀었지만 시집을 가고
나자 친척간의 호칭을 대신 썼다.
이모부는 체격이 구척장신인 데다 목소리 또한 우렁우렁 해
서 웬만한 사람은 그 앞에만 서도 주눅이 들었다. 그런데다
철저한 군인 정신으로 다져진 인격은 상대로 하여금 저절로
무릎을 꿇게 하는 위엄이 있었다. 그러나 나는 예외였다. 어
렸을 때부터 이모부를 가까이 했고, 이모부 또한 나를 유달리
예뻐해 주신 때문이었다. 그러나 지금은 예전과는 다른 분위
기였다. 그건 순전히 나의 처지에서 연유한, 그러니까 내가
그렇게 만든 것이나 다름없었다.

"서 있지 말고 편하게 앉어!"

"……."

나는 이모부의 입에서 무슨 말이 떨어질지 긴장했다.

"무슨 일이야? 내가 도와줄 건 없어?"

"살다보면 좀 쉬고 싶을 때 있잖아요. 그냥 그런 거예요."

"그러면 좋겠는데 내 눈에는 그렇게 보이지 않아. 수심이 너무 짙게 덮여 있어. 나 속이려고 하지 말고 털어놓고 말해! 비밀은 지켜줄게. 이모부가 어떤 사람인지 잘 알잖아!"

"네……."

"요새 젊은 사람들, 툭하면 이혼하고 그러던데 설마 그런 것 아니겠지?"

"……."

"누구나 자기 삶에 대해서 분명한 계획이 있고, 가치관이 뚜렷하면 잡념이 스며들지 않는 거야. 분수에 넘치는 허황된 생각이나 어떤 일을 빨리 하려는 조급함이 인생을 망치지. 사람들은 인생을 짧다고 하지만 그건 욕심이 많아서 그렇게 느끼는 것이지 결코 짧은 게 아냐. 긴 인생을 효율적으로, 그리고 만족하게 살려면 그냥 되어가는대로 살면 안돼! 건축가가 집 한 채만 지으려 해도 치밀하게 설계도를 그리고 그에 맞추어 공사를 하잖아. 그런데 사람들은 한번밖에 주어지지 않은 인생을 살면서 너무 생각없이 그냥들 살고 있어. 그러다가 실수하여 인생을 망치게 되면 그때서야 후회하지. 그러나 그때는 늦는 거야. 혹시 조카도 그런 것 아냐?"

"아녜요. 저는 아니고요……. 그러나 이모부 말씀은 맞아요. 그런데 계획 밖의 엉뚱한 원인으로 잘못되었을 때는 어떡하지요?"

"갑자기 무슨 말이야? 그런 일을 당한 거야?"

나는 흠칫했다. 이모부는 역시 유능한 군인출신이라서 상황 파악이 예리했다.

"그런 게 아니고, 그냥 그런 경우가 생기면 어떡하나 해서요."

"그건 마음의 문제야. 예상 밖의 일이 생길 때는 그 일을 어떻게 이해하고 받아들이느냐에 따라 대책이 달라지지. 또 중요한 건 마음으로는 늘 예비하고 있어야 한다는 거야. 어떠한 어려움이 닥치더라도 마음으로 준비하고 있으면 그 충격을 쉽게 완화시킬 수 있지만 그런 게 없다면 타격이 크지. 밝은 낮에는 길을 가다가 어떤 돌발상황이 생겨도 쉽게 대처할 수 있지만 캄캄한 밤에는 불가능한 것과 같은 거야. 마음의 준비가 되어 있으면 밝은 낮이고, 그게 없으면 어두운 밤인 거지."

"이모부는 늘 그렇게 사세요?"

"이런 고얀 조카가 있나? 감히 이모부를 희롱하네."

"호호호. 죄송해요. 그런데 이모부도 제가 갑자기 뛰어드니까 당황하시네요, 뭐! 그러면 준비된 거 아닌데……."

"진짜 고얀이다. 허허허! 조카 예뻐하다 당했군! 그래, 조카는 어렸을 때부터 재치가 있었지. 그 재치로 매사를 풀어가면 잘 할 거야."

"고맙습니다. 인정해 주셔서……. 호호호."

겉으로 대답은 그렇게 하면서 아무일 없는 척했지만 마음은 울고 있었다.

"자, 이제 이야기해. 무슨 일이 있는 거지? 왜 여기까지 와서 안방거사居士가 된 거야?"

내가 순간적으로 풀어져 방심한 사이 이모부가 다시 공격해 왔다. 이모부의 공격기법은 과연 놀랄 만했다.

"죄송해요. 다음에 기회 있으면 말씀드릴 게요."

"이런 고집 보았나? 이모부 무서운 사람이란 거 몰라? 내가 현역이었을 땐 몇천 명의 군인들을 호령했단 말이야."

"호호호! 그 사람들은 남자였잖아요."

"그런가? 허허허!"

"죄송합니다. 버릇없이 굴어서……."

"괜찮아! 괜찮아! 그 대신 표정은 활짝 펴고 살아! 그래야 맺힌 매듭이 풀리는 거야. 무슨 일인지는 몰라도……."

"네! 그러겠습니다, 이모부!"

나는 간신히 이모부의 신문에서 벗어났다. 그러나 이모집에 오래 머물다가는 꼬리가 잡힐 것 같았다. 얼마만이라도 쉬면서 나머지 인생을 정리하려던 내 계획은 수정이 필요했다.

'그건 마음의 문제야. 예상 밖의 일이 생길 때는 그 일을 어떻게 이해하고 받아들이느냐에 따라 그 대책이 달라지지.'

이모부의 말씀이 귓속 깊이 박혀 빠져 나가지를 않았다. 그리고 수시로 모기소리처럼 울렸다.

'마음의 문제……. 마음의 문제……? 그렇지, 마음의 문제지.'

나는 심란했다. 그냥 앉아 있기가 불안했다. 그래서 이모부께는 잠깐 나갔다 오겠다고 말하고 거리로 나와 무작정 눈에 보이는 버스를 탔다.

오후로 접어드는 낮시간이어서 차내에는 몇 사람밖에 없었다. 맨 뒷좌석에 앉았다.

여러 가지 상념이 떠올랐다.

남편과 홍희, 어머니와 시누이, 엄마와 동생들. 강희…….오랫동안 잊고 살았던 서광옥까지, 하나하나 스쳐갔다. 지금은 어디에서 어떻게 살고 있을까?

이렇게 한참을 잡념에 빠져있을 때 버스가 빠른 속도로 우회전하는 바람에 쓰러져 넘어질 뻔했다. 그제서야 퍼뜩 정신이 들어 창밖을 보니 영등포역사가 보였다.

버스는 곧 멈추었다. 갑자기 소란스러워지면서 한 무리의 아주머니들이 올라왔다. 나는 아무 생각없이, 그러나 바쁜 일이라도 있는 것처럼 서둘러 내렸다.

오고가는 사람들로 길이 붐볐다.

그렇지 않아도 좁은 보도를 차도가 있는 쪽으로는 갖가지 물건을 파는 손수레가 차지하고 있어 조금만 방심하면 발이 밟히고 몸이 부딪쳤다. 그런 중에도 사람들은 바삐 오갔다. 특별히 할 일이 없는 나만 천천히 걷고 있었다.

그때 바로 앞에서 오래 된 유행가가 흘러 나왔다.

'인생은 나그네 길 어디서 왔다가 어디……'

처음에는 어디에서 들리는 소리인가 싶어 두리번거리고 있는데 좁은 길 위의 많은 사람들이 두 갈래로 갈라지는 사이로 한 남자가 엎드려 있었다. 자세히 보니 그 남자는 그냥 엎드려 있는 게 아니었다. 작은 네 개의 바퀴가 달린 판자를 배 아래에 깔고, 손으로 땅바닥을 헤엄치듯 밀며 기어오고 있었다. 또 바로 코앞에 놓인, 역시 바퀴가 달린 나무 상자까지 밀며 다니고 있었다. 그 상자 한켠에는 빈 와이셔츠 상자가 놓여있고, 그 바닥에 동전이 얼만큼 담겨 있었다. 그 옆에는 고물상에서도 그냥 버릴 것 같은 오래된 녹음기가 부상당한 패잔병의 다리에 감긴 붕대처럼 녹색 테이프로 칭칭 감겨 있었다. 유행가는 그 속에서 나오고 있었다.

나는 저 사람이 왜 저렇게 기어 다닐까 생각하다가 그의 다리를 보는 순간 아악! 하고 소리를 지를 뻔했다. 그의 두 다리는 보이지 않고 대신 그의 허리에서부터 커다란 트럭의 검은색 튜브가 연결되어 있었다.

그의 하체는 없었다.

너무 놀라 도망가고 싶었으나 사람들이 길을 꽉 채우고 있어 도망갈 수도 없었다.

나는 뛰는 가슴을 진정시키고 그를 다시 보았다. 그가 걸치고 있는 상의는 이미 철이 한참이나 지난 하복이었다. 그나마 세탁한 지가 얼마나 되었는지 땟물이 시커멓게 배어 있었다.

내가 그렇게 놀라 멍청하게 보고 있는 사이 그는 대여섯 발짝이나 나아가고 있었다.

나는 핸드백에서 지갑을 꺼냈다. 그리고 서둘러 여니 천원짜리 몇 장과 만원짜리 하나가 보였다. 큰맘 먹고 만원짜리를 꺼내 쫓아가서 상자에 담았다. 그가 고개를 바짝 쳐들며 인사를 했다.

"고맙습니다. 복 받으십시오."

그 순간 그의 얼굴에서 웃음이 활짝 퍼졌다. 옆에 서 있는 사람들의 시선이 일시에 내게로 쏟아졌다. 그가 그런 인사를 하지말고 그냥 조용히 있었으면 좋았을 걸 하는 느낌이 등줄기로 흘렀다.

나는 도망치듯 잰 걸음으로 빠져 나왔다. 괜히 쑥스럽고 부끄러워 가슴이 뛰었다.

한참이나 지나온 뒤에야 나는 고개를 돌려 그 사람이 간 곳을 바라보았다. 그 사람의 흔적은 물론, 그 고물 노랫소리도 들리지 않았다.

천천히 걸으며 생각하니 나 자신이 우스웠다. 어쩌다 운수가 사납다 보면 장애인이 될 수도 있는 것인데 그렇게 놀랄 것은 무어며, 어렵고 힘든 사람에게 돈 겨우 만원짜리 한 장 던져주고 무엇 때문에 도망쳤을까?

그리고 그가 '고맙습니다. 복 받으십시오.'하고 인사했을 때 순간적으로 등에 송충이라도 떨어지는 것 같은 느낌을 받은 것은 왜인가?

그러니까 나는 그가 단순히 불쌍하다고만 생각했지, 나와 동질의 사람이라고는 생각하지 않았던 것 아닌가? 그래서 그의 인사를 진심으로 받아들이지 못하고 징그럽게 느꼈던 것 아닌가? 그런 나는 어떠한가? 내가 그를 징그럽게 생각할 자격이 있는가?

그는 나의 순수하지 못한, 그리고 아주 작은 동정에 활짝 웃으며 복받으라고 축원까지 했다. 그런데……?

나는 그에게 미안한 생각이 들었다. 미안해도 아주 많이 미안했다. 다시 찾아가 진심으로 사과하고 싶었다.

나는 천천히 걸으면서 나 자신을 질책했다.

'너는 무엇인데…… 너는 무엇인데……'

'마음의 문제야.'

이모부의 말씀도 다시 귓속에서 꿈틀였다. 조금 전 장애인의 활짝 웃는 얼굴도 보였다. 엄마와 남편에게 쓴 편지가 바람에 날리는 낙엽처럼 머릿속에서 펄렁펄렁 떠다녔다.

'김수진! 너는 누구냐? 방금 네가 보인 행동이나 사고思考에 대해서 부끄럽지 않냐? 그런 네가 감히 음모를 꾸며? 네가 저지르려는 일이 얼마나 무서운 일인지 알기나 해? 아까 그 장애인한테 가서 물어봐! 얼마나 두 다리로 서서 걷고 싶으냐고……. 너는 멀쩡하잖아. 어디 그 장애인뿐이야? 그보다 더 힘든 사람들 본 적이 없지? 그래서 네 마음이 그렇게 사치스러운 거야. 네가 인생에 대해서 진심으로 생각해 본 적 있어? 그저 단편적으로 남 보기가 부끄러워서, 창피해서, 자존심이

상해서, 그런 이유로 네 자신과 고귀하고 신성한 두 생명까지 네 마음대로 재단하려고 해? 네가 그럴 권리와 자격이 있어? 불가佛家에서는 하찮은 미물의 생명까지도 존귀하게 여기는데 감히 사람의 생명에 손을 대려고 해? 안 돼! 김수진! 그러지 마! 그래선 안돼! 참고 견디며 찾아 봐! 이 세상에는 할 일도 많고 보람있는 일도 많아! 어차피 인생을 포기하려고 한다면 마지막으로 무슨 일이라도 할 수 있잖아. 눈을 크게 뜨고 가슴을 활짝 열어! 그래, 마음의 문제야. 마음의 문제……'

나는 보이지 않는 누군가로부터 호되게 질책당했다. 그는 냉정하고 준엄했다. '조금만' 또는 '적당히'라는 말로 너그럽게 보아주지 않았다. 그러면서 그는 내 가슴속에 불을 지폈다.

마음 깊은 곳에서 따뜻한 기운이 조금씩 번져 왔다. 뜨거운 액체가 목으로 넘어오려고 했다.

갑자기 홍희가 보고 싶어졌다.

'김수진! 그만 어리석은 생각에서 빠져 나와 집으로 가! 인간으로 태어난 것은 단 한번 얻은 권리이자 끝까지 최선을 다해야 하는 의무야. 연습할 기회도 없고 두 번 주어지지도 않아. 인생을 바라보는 생각을 바꾸어 봐! 그에 따라 인생은 바뀌는 거야.

백보미인百步美人이라는 말이 있어. 미인도 백 보쯤 떨어져서 보아야 아름답게 보인다는 뜻이지. 바짝 붙어서 보면 숭숭 뚫린 땀구멍도 보이고 방귀냄새도 나서 결코 예쁘지 않아.

인생도 마찬가지야.

넓은 들판에 있는 큰 길을 가듯, 높은 산에서 계곡을 내려다보듯, 여유를 가지고 살아! 절벽을 기어오르듯 오직 앞만 보고 살면 절박해서 쉽게 지치게 되는 거야.

어떤 철학자였더라? 인생은 느끼면 행복이고, 생각하면 불행이라고 말한 사람이 있었어. 그래, 심각하게 번뇌하고 날카롭게 파고들면 오히려 불행하게 돼. 그냥 낙천적으로, 편안한 느낌으로 받아들이면 세상의 색깔이 달라질 거야.

아니, 그 반대일 수도 있지. 넓고 평평한 곳에서 이곳저곳 기웃거리다 보면 잡념이 생길 수도 있어. 그러니까 한 눈 팔지 않고 오직 자기에게 주어진 조건을 제대로 파악하고, 목표만 향하여 최선을 다하여 사는 것도 나쁘지 않을 것 같군!

그러고 보니 로마로 가는 길은 여럿이라는 서양 속담이 생각나네.

인생의 길도 그래. 사는 방법은 여러 개야.

위에서 말한 것처럼 인생을 높은 곳에서 아래를 내려다보듯 관조하면서 살 수도 있고, 오직 목표만을 향하여 절벽을 오르듯 살 수도 있지. 두가지 다 사는 방법이야. 그러니까 하나의 원칙, 하나의 틀에 꼭 맞추어 살려고 하지 마. 그렇게 살 수도 없거니와 그럴 필요도 없어. 살아가는 길이 하나로 정해진 건 아니니까. 다만 원칙이 있다면 정의롭게, 그리고 최선을 다하여 사는 것, 그게 정답이지. 한번 더 설명하자면 주어진 조건에서 열심히 살면 되는 거야.

엄마가 늘 그랬잖아. 길을 가다 보면 돈을 주울 수도 있고, 똥을 밟을 수도 있다고.

바로 그거야! 돈과 똥의 차이는 있지만 그건 삶의 과정에서 얻어지는 거라고 보면 같은 거야. 그러니까 돈과 똥을 너무 구분하지 마! 또 지금 네가 겪고 있는 일은 너의 허물, 너의 잘못이 아니야. 삶의 과정에서 어쩌다가 만나게 된 거지. 그렇다면 돈을 주웠을 때나 똥을 주웠을 때처럼 의연하게 처리하면 돼. 길 가다가 잘못 보고 똥을 좀 밟았기로서니 그게 그렇게 문제가 되는 건 아니지. 이제 네 생각을 넓은 곳으로 보내 줘! 그러면 그 생각은 다시 너를 자유롭게 풀어 줄 거야.'

보이지 않는 그 분은 거미가 거미줄을 풀어내듯 끊임없이 자기의 주장을 풀어 나를 결박했다.

나는 점점 그의 끈에 묶여 그의 지시에 따르는 순한 양이 되어갔다. 나는 결국 그분의 지시대로 따르기로 하고 내가 가고 있는 위치를 확인했다.

눈앞에 한강물이 펼쳐지고 건너편으로 절두산 성지가 보였다. 그리고 보니 나는 양화대교 입구에 서 있었다. 시계를 보니 정확히 다섯시였다. 그러면 내가 그 사이 얼마나 헤매고 다녔다는 말인가. 나는 서둘러 지하철 당산역으로 갔다. 그리고 이모네 집으로 전화를 했다. 그 사이 이모가 외출에서 돌아오셨는지 전화를 받았다.

"어디냐? 어서 와라. 네가 좋아하는 낙지하고 쭈꾸미 사 왔다."

"어머! 이모 죄송해서 어쩌지요? 저 지금 집에 가려고 당산역에 와 있는데요."

"당산역? 무신 일로 게까지 갔다냐? 갈 때 가더라도 와서 먹고 가!"

"이모! 정말 죄송해요. 오늘은 그냥 갈께요. 아무래도 집을 너무 오래 비워두어서요. 이모부한테도 말씀 전해주세요. 인사도 안 드리고 그냥 나와서 죄송하다구요."

"야가 전에 없이 이해 못할 짓만 하고 있네. 전에는 예의도 바르고 어른 말도 잘 듣더니 어찌 그러냐? 너 지금 네 정신 제대로 가지고 다니는 거냐?"

"아이! 이모, 죄송하다고 했잖아요. 시간 나면 또 놀러올게요. 그때 맛있는 것 많이 사주세요. 이모, 차 오니까 전화 끊을께요. 죄송해요."

나는 이모의 말씀이 더 이상 나를 붙잡기 전에 핸드폰을 닫았다.

화 해

　나는 이때일까 저때일까, 남편의 진심에서 우러난 고백과 사과를 기다리고 있었다. 그러나 남편은 그러하지를 않았다. 집에 오면 짐짝 부리듯 몸을 던져 버리고는 별로 말수도 없고 홍희와 잘 놀아주지도 않았다. 물론 나나 어머니에게도 마찬가지였다. 내가 집을 나갔다가 며칠 만에 집에 들어 왔을 때도 별다른 반응을 보이지 않았다. 그사이 열흘도 더 지나갔건만 남편과 내가 말을 나눈 횟수는 열 손가락으로 셀 수 있을 정도였다. 아니 말을 나눌 기회가 없었다. 왜냐하면 남편이 거의 매일 술에 젖어, 그것도 새벽 한 시나 두 시에 들어 왔으니까.

　나 역시 마찬가지였다. 전에 곧잘 어울리던 이웃집 아주머니들과도 관계가 뜸했다. 어쩌다 그들이 놀러 오겠다고 전화가 오면 적당한 구실을 붙여 피했다. 어머니와도 자연히 대화가 줄었다.

남편이나 나나 두 사람 모두 심신이 극도로 핍박해져 갔다. 남편은 성정性情이 많이 거칠어졌고, 나는 실어증 환자가 다 되어 갔다. 어느 때는 한두 마디의 말로 하루를 넘기기도 했다. 예전에 어떤 여성잡지에서 읽었던 우울증라는 병이 이런 게 아닌가 싶었다.

나는 추스르고 일어나야 한다고 생각했다. 어떻게든 이 질곡에서 벗어나고 싶었다. 그래서 그가 술에 취하지 않고 들어온 날, 나는 용단을 내려 남편에게 제의했다.

"여보! 우리 여행 가요!"

시작도 끝도 없이 던진 내 제의가 뜻밖이었는데도 남편은 의외로 쉽게 이해하고 순순히 따라 주었다. 그도 그동안 정신적으로 방황을 하면서도 가정을 지켜야 한다는 생각은 하고 있었던 것 같았다.

다음 날, 오전에는 홍희의 뒤치다꺼리를 하느라고 보내고 오후에야 여행준비를 했다. 나는 혹시 야영을 하게 될 경우에 대비하여 취사도구와 이불 등 침구까지 챙겨 남편의 승합차에 실었다. 어머니께는 바람 좀 쏘이고 오겠다고 솔직히 말씀드리고 홍희도 맡겼다. 어머니는 무슨 일인가 싶어 불안해 하시면서도 별 말씀 없이 홍희를 맡아 주었다.

"어디로 가?"

남편은 여행에 대해서 동의를 했으면서도 겉으로는 투박하게 굴었다.

"당신 마음 내키는 대로 가세요!"

"당신이 제안했으니 당신이 결정해!"

"그럼, 우선 바다가 보고 싶으니 가까운 바다로 가요!"

"좋아! 그럼 강화도에서 시작하여 해안도로로 남해안을 거쳐 동해의 거진 위에 있는 통일전망대까지 남한을 일주한다."

그 상황에서도 남편은 여행이라는 단어에 조금은 들뜨고 있는 느낌이었다. 그 역시 정신의 휴식이 필요했으리라.

"좋을대로요."

나는 남편 옆자리가 아닌 뒷자리, 대각선이 되는 곳에 앉았다. 남편도 굳이 앞자리를 권유하지 않았다.

차가 집에서 김포를 거쳐 강화를 지날 때까지 나는 입을 닫고 있었다. 남편 역시 묵묵히 운전만 할 뿐 말이 없었다. 남편은 내게 묻지도 않고 강화 사거리에서 좌회전하여 전등사 가는 길로 차를 몰았다.

어느새 가을도 깊어 11월 중순, 산에는 붉은 단풍이 사라지고 흑갈색만 남아 있었다. 산의 아랫도리에는 벌써 알몸을 드러낸 나무가 군데군데 눈에 띄었다.

늦가을의 풍경은 스산했다. 그런 풍경을 보고 있노라니 마치 잔치가 끝난 뒤끝처럼 공허해지면서 알 수 없는 슬픔이 밀려왔다. 나는 지그시 눈을 감았다. 해맑게 웃는 홍희의 모습이 떠올랐다. 나는 마음속으로 홍희에게 용서를 빌었다.

'아가야 미안해! 살갑게 다가서는 너를 보며 눈물을 흘리지 않을게. 그러니 너도 더 이상 마음 아파하지 마!

신이시여, 제가 이 병에 걸린 건 괜찮습니다. 죽어야 한다고 해도 좋습니다. 어떤 벌을 주셔도 다 받아들이겠습니다. 허지만 저로 인해 우리 홍희가 고통받는 건 견딜 수 없습니다. 제발 우리 홍희에게서만은 이 고통을 거두어 주십시오. 불쌍해서 볼 수가 없나이다.'

홍희에게 용서를 비는 마음은 금세 절대자에 대한 간절한 갈구로 바뀌었다. 그만큼 내 마음은 갈팡질팡했다.

남편은 차를 전등사 입구 주차장에 세우고 나를 물끄러미 바라보았다. 어찌하겠느냐는 무언의 물음이었다. 어떤 결정을 내려야 한다는 것이 부담스러웠다. 나는 눈을 감아버렸다. 그렇게 한참이 지났는데도 남편은 아무 소리가 없었다. 이번에는 내가 궁금해져 살그머니 눈을 떴다. 남편은 의자를 뒤로 젖힌 채 그대로 누워 있었다. 정수리에서부터 이마까지 수북한 머리카락 때문에 얼굴은 보이지 않고 콧날만 보였다. 얼굴이 예전보다 많이 수척해져 있었다.

침묵이 우리 두 사람을 무겁게 내리 눌렀다. 가슴이 답답해졌다. 나는 아무 말 없이 차에서 내렸다. 남편은 따라나서지 않았다.

주차장에는 늦은 가을인데도 제법 많은 차들이 주차되어 있었다. 낮은 산 아래 평지에 만들어져 있는 주차장은 특별한 울타리가 없이 바로 갈참나무숲과 이어지고 있었다.

전등사로 올라가는 길을 두고 천천히 숲 속으로 들어섰다. 그때 저쪽 나무 뒤에서 두 남녀가 서로 포옹하고 키스에 열중하고 있는 모습이 눈에 들어왔다.

'아무리 젊은이라고 하지만 주책이군! 그냥 차 속에서 하든지, 아니면 좀더 숲 속 깊은 곳으로 들어가서 하지…….'

부러움만큼의 시기하는 마음이 생겼다. 그러나 달콤한 분위기를 깨고 싶지는 않았다. 하여 혼자 있고 싶은 생각을 접고 전등사로 가는 넓은 길로 나섰다.

드문드문 오가는 사람들이 눈에 띄었다. 그들은 삼삼오오 그룹을 짓거나 부부인 듯한 남녀가 대부분이었다. 그때 맞은편에서 부부로 보이는 노년 커플이 천천히 내려왔다. 그들은 등산모자, 등산복, 등산화까지 빨간색 일색이어서 언뜻 단풍나무 두 그루가 살아 움직이는 것 같았다.

두 분 모두 머리가 하얗게 세어 점잖고 편안한 분위기를 풍겼다. 그분들이 너무 부러웠다. 나도 저렇게 행복한 노후를 맞을 수 있을까? 그렇게 된다면 얼마나 좋을까? 그러지 않아야지 하면서도 나의 모든 사고思考는 내 자신의 생과 사로만 연결되었다. 그때마다 나는 스스로 절망했다.

나는 그분들이 내 곁을 스쳐 저만큼 내려갈 때까지 그 뒷모습을 넋을 놓고 바라보고 있었다. 볼수록 나란히 걷는 노년의 부부 모습은 어떤 금은보석보다 아름답게 보였다.

그분들의 모습이 너무 멀어져서 풍기는 분위기를 더 이상

느낄 수 없게 되자 그때서야 나는 돌아섰다. 그러나 더 올라
갈 기분이 나지 않았다.

숲 속에서 나온 제법 쌀쌀한 바람 한 줄기가 내 얼굴을 쓸
며 지나갔다. 또다시 울컥 슬픔이 일어나려고 했다. 슬픔이란
놈은 때와 장소를 가리지 않고 틈만 나면 덤벼들었다. 나는
슬픔의 포로가 되기 싫어 서둘러 돌아섰다. 그리고는 빠른 걸
음으로 남편이 있는 곳으로 갔다. 그 사이 남편은 잠이 들어
내가 차 유리를 톡톡 두드리는데도 일어나지 않았다. 나는 심
술이 나서 남편 옆자리로 들어가 앉으며 차문을 꽝! 하고 힘
껏 닫아버렸다. 그때서야 남편은 깜짝 놀라 동그란 눈을 하고
나를 바라보았다.

"출발해요!"

나는 단호하게 명령했다.

"왜 그래? 화났어?"

"그래요. 화났어요."

"왜? 무슨 일로?"

"우리만 빼고 모두들 너무 행복하잖아요!"

"……?"

남편은 잠시 멍하니 앉아 있더니 무슨 중대한 결심이라도
한 듯 차 키를 돌렸다. 스르륵! 차는 아주 부드럽게 시동하기
시작했다. 남편은 부릉! 하고 액셀을 가볍게 한 번 밟더니 차
를 후진시켰다가 다시 앞으로 몰며 주차장을 빠져 나왔다.

그리고는 마니산 방향으로 핸들을 돌렸다.

"홍희 아빠!"

"왜 그래?"

"우리는 어디서부터 잘못된 거지요?"

"……"

"이제 우리 차분하고 침착하게 이야기 좀 해요. 누가 어디서
부터 잘못하여 이렇게 됐는지."

"……"

"지금에 와서 당신을 비난하고 싸우려는 게 아니에요. 그러
나 원인 제공자가 누구인지는 밝히고 정중한 사과는 있어야
한다고 생각해요. 부부라면 그렇게 하는 것이 최소한의 도리
아녜요?"

"원인 제공자가 누구인지 어떻게 밝힐 건데?"

"그거야 전적으로 양심문제지요, 부부의 중요한 덕목 중에
하나가 신뢰인데 양심을 속이는 사람이라면 어떻게 신뢰하겠
어요? 안 그래요?"

"그야 그렇지만……."

"왜 그렇지만이라는 단서가 붙지요?"

"그걸 밝히자면 피차간에 지금까지 행적을 모두 공개해야
되는 거 아냐? 아무리 부부간이라고 해도 개인적인 프라이버
시가 있는 건데 그렇게까지……."

"홍희 아빠! 사실을 밝히는데 무슨 프라이버시가 끼어들어
요? 있었던 사실을 밝히는 것과 프라이버시와는 별개의 것이
지요."

"그렇다 해도……."

"과거에 있었던 사실을 밝힌다고 해서 새삼스럽게 자존심이 상하고 인격과 권위에 손상이 간다고 생각하나 본데, 그건 그렇지 않지요. 우리가 처한 현실은 어차피 우리 둘 중 하나가 부끄러운 과거를 가졌다는 결론이고, 그 당사자가 당신 아니면 나라는 건데, 이제와서 숨긴다고 숨겨질 일인가요? 또, 명확하게 밝히지 않는 것은 자신은 아니라는 간접 주장이고, 결국은 상대편에게 책임을 전가하는 것 아닌가요?"

"듣자니까 당신은 나를 범인으로 전제하고 몰아붙이는데 그러면 안 되지."

"범인이라뇨? 홍희 아빠! 저는 지금 당신을 무슨 범인 취급해서 이러는 게 아녜요. 제발 제 말의 본 뜻을 제대로 이해하려는 마음으로 들어줘요. 저는 우리 가정의 몰락을 앞두고 당신의 진심, 즉 양심이 반성하는 소리를 듣고자 하는 거라구요.

당신, 언젠가 말했지요. 대한민국 남자 치고 술집 여자 한두 번 건들이지 않은 사람 있냐고……. 그래요. 그럴 수 있다 쳐요. 젊음이 넘칠 때 본능적 욕구에 따라 남녀 누구나 자위행위도 할 수 있어요. 사창가에 가는 것도 넓은 의미에서 본다면 일종의 자위행위나 다름없다고 할 수 있겠죠. 물론 도덕적인 것까지 용서받을 수는 없겠지만, 그곳으로 결혼상대자를 구하러 가는 것은 아닐 테니까……. 그러니까 사창가에 갔던 일을 트집 잡는 게 아니라, 그 결과가 우리 가족에게 이런 엄청난 불행을 가져왔으니 진솔한 마음에서 사과라도 해야 되는 거 아니냐구요. 당신은 진실을 밝히지 않고 책임을 전가시키려고만 하는데 그 결과에 대해 생각해 본 적 있어요? 당신이 자꾸만 그럴수록 우리는 함께 묶이어 수렁 속으로 빠져드는 거예요. 당신이 계속 아니라고 우기면 결국 화살은 제게 돌아오는데 저로서는 없었던 사실을 내가 그랬노라고 허위 고백할 수 없잖아요. 설령 내가 그렇게 허위 고백을 하거나 만에 하나 사실이 그렇다고 가정한다면 당신은 부정한 아내와 산다는 이야기가 되는데, 당신, 세상 사람들의 이목을 무시하고 그런 부정한 여자와 살 수 있어요? 대답해봐요."

"……."

"거봐요. 대답하기 힘들지요? 또, 당신, 내가 얼마나 고통스러워할지 생각해 본 적 있어요? 내 몸 안으로 당신이 들어와서 생각해봐요. 무슨 생각이 들고, 무엇이 보이겠어요?"

"그만 하고 우리 어디 가서 좀 쉬자."

그때까지 묵묵히 듣기만 하면서 핸들을 돌리던 남편이 더 이상 듣기가 힘들었던지 내 말의 허리를 잘랐다.

"힘들면 그렇게 하세요."

나는 가슴속에서 하고싶은 말이 폭포수처럼 계속 쏟아져 내렸으나 남편의 기분을 생각해서 입을 다물었다.

내가 응어리를 쪼아내고 있는 동안, 우리는 어느 낯선 바닷가 언덕 위에 와 있었다. 오른편으로 펼쳐지는 바다 위에는 벌써 어렴풋한 노을이 시작되고 있었다.

남편은 도로변 공터에 아무렇게나 차를 세웠다. 옆에서 보는 그의 얼굴은 데드마스크처럼 굳어져 있었다.

속으로 미안한 생각이 들었지만 무슨 말을 건넬 기분은 아니었다.

나는 아무 말 없이 조용히 차에서 내렸다. 바닷바람이 옷자락을 어지럽게 흔들었다. 바닷가 쪽으로 조금 내려가니 작은 절벽이 나왔다. 그 절벽 밑으로는 파도가 끊임없이 밀려오고, 밀려와서는 부딪쳐 하얗게 포말지고 있었다.

나는 넋을 놓고 그 광경을 바라보았다. 그런 나 자신이 카메라에서 줌 아웃시킬 때처럼 점점 작아지는 느낌이었다. 파도 소리도 멀어져 아득하게 들렸다.

그때 내 어깨를 가만히 감싸 안는 손이 있었다. 남편이었다. 나는 절벽 아래에서 들리는 파도소리 때문에 아니, 내가 너무 넋을 놓고 있는 바람에 남편이 다가오는 기척을 알아차리지 못했다.

남편은 내 어깨를 껴안은 채 아무런 말이 없었다. 그가 내 어깨 위에 얼굴을 얹고 온몸을 실어 기대는 바람에 넘어질 뻔하였다. 그러나 피하지 않았다. 그는 자신의 심정을 무언의 행동으로 내게 설명하고 있었다.

내가 피하면 그는 쓰러질 것이 분명했다. 그러니까 피하지 말고 자기의 버팀목이 되어 달라고 요구하고 있었다.

우리는 그대로 석상石像이라도 된 듯, 마치 그렇게 하기로 약속이라도 한 듯, 서로 말이 없었다.

잠시 후, 목덜미 옆으로 물기가 느껴졌다. 남편의 눈물이었다. 남편은 내 어깨 위에서 소리없이 울고 있었다. 나는 그대로 있었다. 꿀꺽! 하고 침을 삼키는 소리가 들리고, 숨결이 조금씩 격해지면서 그의 머리가 출렁이기 시작했다. 나는 조용히 손을 어깨 위로 올려 그의 손을 잡았다.

남편의 손은 내 손보다 차가웠다. 그리고 조금씩 떨리고 있었다.

"나 용서…… 해 줄 수…… 있어?"

물기에 젖은 그의 목소리는 파도소리에 밀려 간신히 들렸다. 순간 울컥하고 목이 메어왔다. 그 한 마디에 나는 벌써 감동하고 있었다. 잠시 막힌 목을 튼 후, 그를 잡은 손에 힘을 주며 말했다.

"이미 용서한 지 오래 됐어요. 당신만 갇혀진 당신의 울타리에서 나오면 돼요."

"미안…… 해! 미안해! 여…… 보!"

남편은 흐느끼기 시작했다. 내 어깨는 그의 뜨거운 눈물로 흥건히 젖어가고 있었다.

나는 벌 서는 유치원생처럼 움직일 수가 없었다. 남편의 울음은 절벽 아래의 파도처럼 끊임없이 밀려왔다.

"미…… 안해! 여보! 미안…… 해!"

나는 '괜찮아요!'라고 말하려 했으나 소리가 또다시 목에 걸려 멈춰 버렸다. 어느덧 내 눈에서도 눈물이 흐르기 시작했다. 나는 터져 나오려는 울음소리를 애써 목 안으로 밀어 넣었다. 남편의 어깨가 격렬하게 흔들렸다. 그는 허허로운 벌판에 버려진 외로운 송아지처럼, 아니 아프리카 사막에서 붉게 떨어지는 태양을 보며 마지막 포효를 하는 사자처럼 울었다. 그동안 가슴 깊은 곳에 켜켜이 쌓였던 울음을 계속해서 쏟아 냈다. 내 눈물도 따라서 흘렀다.

나는 남편이 울음을 다 걷어 낼 때까지 기다렸다.

그 사이 얼만큼 시간이 흘렀을까?

노을은 어느덧 잘 익은 사과빛으로 변해져 있었다. 그 노을빛이 바다 위에 비쳐 금빛으로 빛났다. 문득 그 광경을 어디선가 본 적이 있다는 생각이 들었다. 그랬다. 그것은 언젠가 꿈속에서 본 광경 그대로였다. 나는 엉뚱하게도 꿈속에서 보았던 광경을 현실에서 그대로 본다는 데에 신기해하고 있었다. 그러다가 화들짝 놀라 현실로 돌아왔다. 싸아한 바닷바람이 머릿칼을 날렸다.

남편은 이따금 격렬한 울음 끝에 오는 딸꾹질을 할 뿐, 울다가 잠든 아기처럼 조용해져 있었다.

"여보! 언제 그런 거예요?"

나는 불쑥 물어놓고 이내 후회했다. 남편이 이미 용서해 달라고 한 이상 그것을 자기의 잘못이라고 고백한 것인데 언제 그랬는지까지 확인한다는 것은 남편의 상처에 가시를 들이대는 잔인한 짓이었다. 남편은 아무 말이 없었다.

"대답하기 힘들면 안 해도 돼요. 사실 그걸 안다고 해도 지금은 아무 소용없는 거니까……."

"아냐! 말할게. 내가 이제 와서 무얼 숨기겠어. 당신이 홍희 임신했을 때였어. 직장 동료들과 술마시다가 갑자기 미아리로 몰려갔었어. 그때 잘못 된 것 같애!"

"그러면 왜 지난번 보건환경연구원에서 조사할 때 이야기 하지 않았어요? 이야기 해 주어야 또 다른 피해를 막을 게 아녜요."

"그땐 확신이 없었지."

"그럼 이제라도 사실대로 이야기 하세요."

"알았어. 그렇게 할게."

말을 마친 남편은 또다시 울먹이기 시작했다.

나는 그의 슬픔이 너무 깊이까지 내려가 다시 건져 올릴 수 없을 만큼 가라앉아 버리기 전에 끌어올려야 한다고 생각했다.

"여보! 나 추워요."

그때서야 남편은 내 어깨 위에 얹고 있던 머리를 들었다. 나는 비로소 멍에를 벗어버린 소처럼 홀가분해졌다.

"차 안으로 들어갈까?"

눈물을 닦고 고개를 든 남편이 갈라진 목소리로 말했다. 그 소리는 떠오르지 못하고 밑에서 흩어졌다.

"에이, 멋없기는…… 이런 때는 꼭 안아주어야지. 영화보면 그러잖아요."

"지금은 내 감정이 격해져 있어서 당신을 껴안으면 부서져 버릴지 몰라."

“아무렴, 그래도 좋아요.”

남편은 정말로 힘껏 나를 안았다.

그리고 오랫동안 잊고 살았던 말을 힘들게 꺼냈다.

“그래! 우리 수진이 사…… 랑…… 한다.”

“진짜? 그럼 지금 저 바다에 대고 맹세해요. 큰 소리로 세 번을 외치면 믿어줄게요.”

“그럼 하고말고……. 자, 시작한다. 나 최영도는 김수진을 진짜로 사랑한다아! 사랑한다아! 사랑한다아! 어때? 됐어?”

나는 그냥 어색해진 분위기를 깨기 위해서 장난삼아 한 말이었는데 남편은 기다렸다는 듯, 그리고 말 잘 듣는 소년처럼 있는 힘을 다해 외쳤다. 그러나 내게는 그 외침이 가슴속 응어리를 털어내는 절규로 들렸다. 어째서 운명의 여신은 저렇게 순진한 사람에게 가시모자를 씌웠을까?

나는 남편의 가슴속으로 파고들었다.

그의 심장이 뛰는 소리가 들렸다.

“이제 우리 어떻게 해야 하지?”

그가 내 어깨를 감싸 안으며 물었다.

“무얼요?”

“이제부터 우리가 해야할 일이 무어냐구?”

“따뜻한 곳에 가서 식사하는 거요.”

“아니, 그거 말고 앞으로 우리가 해야 할 일…….”

“식당에 가서 맛있는 거 먹는 일만 남았다니까요.”

“싱겁기는…… 좋아! 어디로 가야 그런 식당이 있지?”

"여보, 우리 그러지말고 그냥 집으로 가요. 내가 맛있는 거 만들어 줄께. 갑자기 홍희가 보고싶어져서 그래요."

"남한 일주하기로 한 건 어떡하고?"

남편은 자기가 아쉬운 건지 내게 미안한 건지, 아리송한 표정으로 나를 바라보았다.

"그거야 다음에 다시 하면 되죠, 뭐!"

"그렇지만 모처럼 우리 둘이 나왔는데 아깝다."

"우리 홍희 크면, 또 홍희 동생도 태어나면 그때 우리 가족 모두 함께 꼭 다시 가요, 네?"

"당신의 뜻이 그렇다면 할 수 없지."

"미안해요. 여보!"

"미안하긴……. 괜찮아!"

그날 밤, 집으로 돌아온 나는 침대 이불을 새것으로 바꾸었다. 우리는 그동안 신경을 곤두세워 싸우느라고 오랫동안 잠자리를 함께 하지 못했었다. 의사가 그것을 말렸던 것도 아닌데…….

우리는 에이즈 바이러스 감염인이라고 해서 생활에 아무런 제약이나 지장을 받지 않았다. 본능적 욕구 또한 정상이었다.

우리는 예전대로 생활의 리듬을 복원시키는 것이 중요했다. 낮에 해변에서 나눈 진솔한 대화가 둘 사이의 모든 감정의 찌꺼기를 씻어내 버렸기에 별로 어려울 것도 없었다.

그러나 남편은 자기가 지은 죄 때문에 선뜻 접근을 하지 못했다. 그 점에 있어서는 내가 우위에 있었으므로 먼저 손을 뻗쳐 주는 게 좋을 거라는 생각이 들었다.

내 행동에서 눈치를 챈 남편은 부시럭거리며 장롱 서랍 속을 뒤지더니 콘돔을 찾아냈다. 그러나 그것은 우리에게는 필요없는 물건이었다.

나는 속으로 웃음이 나왔으나 말리지 않았다.

두 번째 출산

"아주머니! 첫 임신 때 입덧 어떠셨어요?"

내가 수술실로 들어가기 위해 대기하고 있으려니 의사가 물었다. 나는 둘째를 제왕절개 수술로 분만하기 위해서 병원에 입원한 상태였다. 첫 아이를 자연분만했으니 둘째도 충분히 그럴 수 있었다. 그러나 아가에게 에이즈 균이 감염될 수 있으니 인공분만을 하도록 하라는 문 박사의 권유에 따르기로 했다.

"다행히 안 했는데요."

"다행히라니요? 그건 다행한 게 아녜요. 누구나 수태하여 이삼개월이 지나면 대개는 입덧을 하게 되는데, 거기에는 아주 중요한 이유가 있는 겁니다. 임신초기에 태아의 중요한 각 기관이 형성되는데 그때 독성이 있는 음식을 못 들어오게 하

는 것이 입덧입니다. 그러니까 입덧을 하지 않으면 태아에게
해로운 성분이 무분별하게 유입될 수도 있는 겁니다. 그러니
그게 다행스런 게 아니지요.”

“…….”

“우리가 취식하는 모든 생물은 자기 방어를 위해 저마다 독
특한 독성을 가지고 있습니다. 심지어 우리가 먹는 밥에도 나
름의 독성이 있다고 하니, 모든 음식물 속에 다 있다고 보아
야겠지요. 그래서 뱃속의 초기 생명체는 면역성이 없거나 약
하기 때문에 조금만 해롭다고 느껴도 아예 못 들어오게 하는
겁니다. 신비하지요?”

“네! 출산하러 왔다가 공부 많이 하네요. 감사합니다.”

“나, 사람이 좋아서 선심 막 씁니다. 재미있는 이야기 하나
더 할까요?”

“…….”

“나라마다 국민성이 있지요. 그런데 국민성에 따라 사물을
평가하는 눈이 다릅니다. 여러 가지 술을 좋아하는 프랑스 사
람들은 어디가 아프기만 하면 간이 안 좋아 그런가 하고, 1,
2차 대전에 놀란 독일 사람들은 조금만 아파도 심장 때문이라
고 생각한답니다. 또 늘 항해에 지친 영국 사람들은 장이 나
빠 그럴 것이라고 하고, 넓은 나라 미국 사람들은 만병의 원
인이 세균에서 온다고 믿는답니다.”

“그거 재미있네요.”

“시간이 다 되었군요. 나머지 이야기는 다음에 또 분만하러

오실 때 들려 드리지요."

"아니, 또다시 아이를 가지라구요?"

"왜 안 됩니까? 그렇게만 된다면 아주머니께서는 여전히 건강하다는 이야기이니 좋고, 국가는 가뜩이나 출산율이 떨어지고 있는데 다소라도 보탬이 되니 좋고……. 두루 나쁠 것 없잖아요. 허허허!"

수술을 앞두고 긴장해 있는 나를 위안해주려 하는 의사의 마음이 고마웠다.

둘째 아이는 아들이었는데 아주 건강하게 태어났다. 홍희도 우리 부부의 감염 사실을 출산 전에만 알았던들 건강하게 태어나게 했었을 텐데 하는 아쉬움에 또다시 가슴이 저몄다. 이런 후회는 두고두고 나를 따라다닐 것이었다.

아들을 낳자 제일 좋아하는 사람은 어머니였다. 어머니께는 괜한 걱정을 끼쳐드릴 까닭이 없었으므로 이러저러한 이야기를 하지 않았다. 때문에 어머니께서는 인공분만하는 이유를 지난번의 난산 탓으로만 아셨다.

"고놈 고추도 잘 생겼다. 우리집 대를 이어 줄 고추 만드느라고 니가 고생했다야."

연신 싱글벙글하시던 어머니가 내게도 한마디 칭찬을 하셨다. 남편도 옆에서 흐뭇한 표정이었다.

다음 날에는 정말 오랜만에 아빠와 엄마도 오셨다. 그뿐이 아니었다. 큰시누이를 비롯하여 세 시누이와 친정동생들 그리고 신림동 이모까지 수없는 축하전화도 쏟아졌다. 온통 축제

분위기였다. 아들이 무언지……?

첫째 홍희가 태어났을 때는 건성으로 인사를 해주던 분들이 아들이라고 하니까 그 표정들이 너무 급변하여 나를 어리둥절하게 만들었다.

나는 마음속에서 제발 둘째 아가만은 에이즈에서 무사하게 해달라고 간절하고도 간절하게 기도했다.

사람은 약한 존재라서 자기 힘으로 이룰 수 없는 간절한 일이 생기면 절대자를 찾게 된다는 것을 알았다. 나는 산후조리가 끝나는 대로 남편을 설득하여 교회에 나가리라고 다짐을 했다.

"여보! 당신 아가 이름 지어두었어요?"

북새통을 이루던 분들이 모두 돌아간 저녁, 두 사람만 오붓하게 남자 남편에게 물었다.

"아니……, 아들인지 딸인지 모르는데 어떻게 이름부터 짓나? 이제 확인했으나 지금부터 머리를 짜내야지. 그러는 당신은 생각해둔 게 있어?"

"나도 아닌데요. 홍희는 딸이니까 그냥 예쁜 이름으로 지었지만 둘째 아가는 아들이니 당신 집안 항렬에 따라야지요. 그런데 나한테 항렬자를 가르쳐 주지 않았잖아요."

"잘도 빠져나가네. 걱정하지 말어! 당신에게 책임 추궁하는 거 아니니까. 그건 그렇고 가만 있자……. 진짜 무어라고 한다?"

"꼭 항렬자에 맞춰 지어야 하나요? 그냥 부르기 편한 이름으로 하면 안 돼요?

"글쎄……. 그러니까 그게 일종의 전통이지 뭐. 항렬에 맞추지 않았다고 해서 잡아가기야 하겠어?"

"후훗! 당신, 내 유도심문에 넘어갔지. 당신 지금 당신네 집안 항렬자에 대해서 모르지요? 당신이 알면 진즉 나한테 아는 척 설명했을 텐데 그러지 않은 걸로 봐서 모르는 게 분명해. 그렇지요?"

"에이구 퍽이나 고소하겠다. 그래, 모른다. 왜, 좀 가르쳐 주시지……?"

"헤헤, 진짜 쌤통이다. 그걸 그냥 아는 수가 있나요? 족보를 보아야 알지……."

"어떡하지? 작은 아버지한테 전화해서 물어볼까?"

"그냥 우리 둘이 합의해서 예쁘고 부르기 편하게 지어요. 어차피 호주제를 폐지하자고 야단이니 그러면 항렬도 없어지지 않겠어요?"

"그렇게 될까? 없어진다면 호주제와는 관계없이 아마 한글 이름 때문에 그렇게 될 거야. 한글 이름을 가진 사람 후손은 자연히 항렬도 잃지 않겠어?"

"그렇겠네요. 그런데 우리가 왜 엉뚱한데 신경을 쓰고 있지요? 우리 아가 이름만 잘 지으면 되지……."

"그래, 그냥 항렬자 관계없이 짓자구. 뭐라고 짓지? 당신이 먼저 말해 봐!"

"……."

"우리 두 사람 이름에서 한자씩 따다가 지으면 어떨까?"

"그러면 무슨 자를 따지요? 내 이름에서는 수자, 당신 이름에선 영자. 그러면 수영이네."

"최수영? 진자와 영자를 따면 최진영. 어느 게 더 맘에 들어?"

"수영? 진영? 내 느낌으로는 진영이 더 좋은데요?"

"그래? 최진영…… 최진영…… 괜찮은데 그렇게 하지."

"그래요. 우리 둘이 합작했으니 진영이 앞날에는 좋은 일만 많은 거예요."

"그래, 그렇게 되라고 우리 축복해 주자."

이름을 다 짓고 나니 입원실 벽에 걸린 벽시계는 어느새 밤 열두시를 지나고 있었다. 우리는 둘째 아가, 아니 진영이가 보고 싶어 영아실로 갔다. 그러나 모두 잠자는 시간이라 들어갈 수가 없어 밖에서 유리창을 통하여 얼굴만 볼 수밖에 없었다.

꿈을 꾸는 걸까? 배냇짓을 하는 걸까?

진영이는 작고 예쁜 입을 오물거리기도 하고, 젖을 빠는 흉내를 내 아빠와 엄마를 반겨 주었다.

나는 다시 누구에겐가 기도를 했다.

'부디 우리 진영이에게만은 에이즈라는 고통이 없게하여 주소서.'

내가 출산하고 나자 그동안 잘 견디어 준 홍희가 폐렴으로 다시 입원을 해야했다. 환절기만 되면 겪어야 하는 고통이었다. 그러니 집보다 병원에 있는 날이 더 많았던 홍희는 혈관이 약해서 의료진이 매번 애를 먹었다. 홍희는 흰 가운을 입은 사람만 나타나면 겁을 먹고 울며 숨었다. 홍희에게 흰옷은 무서움의 대상으로 인식되고 있었다.

나는 산후 조리가 끝나지 않았지만 홍희에게로 갔다.

홍희도 내가 보고 싶었던 모양이었다. 나를 보자 금세 울음을 터뜨렸다. 나도 몸이 자유롭지 못했으나 조용히 안아 주었더니 울먹이다가 잠이 들었다.

홍희는 3일 후 퇴원했다.

교회 그리고 강희의 전화

　홍희가 퇴원하던 날, 나는 두 남매를 재워놓고 남편과 마주 앉았다. 남편은 TV 못보는 것을 아쉬워하면서도 나의 요구에 따라주었다.

　"당신, 신앙생활에 대해 어떻게 생각해요?"

　"……."

　"저도 전에는 신앙에 대해서 그다지 심각하지 않았는데 이번 일을 겪고 나니 인간과 신의 존재에 대해서 인식이 바뀌어졌어요. 전에는 신앙이란 의지가 약한 사람들이 어떤 일을 스스로 해결하지 못할 때 신이라는 미지의 가상 존재에게 의지하는 현상이라고 생각했었는데 꼭 그렇지만은 않은 것 같애요."

　"……."

"아직 신이 무엇인지 알지 못해서 당신에게 이해가 되도록 설명할 수가 없네요. 그러니 우리 같이 교회에 나가요. 그래서 신이란 무엇인지, 또 인간이란 무엇인지 함께 알아보기로 해요. 네?"

"음, 그래. 나도 지금까지는 단순히 호기심 정도의 관심을 가지고 있었는데 당신 이야기를 듣고 나니 그러고 싶군. 그러자구."

다음 날, 우리는 약속대로 교회에 갔다.

교회는 유치원 건물의 지하에 있었다. 계단을 내려가자 예배가 시작되었는지 찬송가가 은은하게 들리고 있었다. 우리 부부는 조심스럽게 입구의 유리문을 밀고 들어갔다. 갑자기 TV 볼륨을 높였을 때처럼 찬송가 소리가 공간 가득히 크게 울렸다.

교회 내부는 그리 크지는 않았지만 깨끗하게 잘 정리되어 있었다. 우리는 허리를 숙이고 조심스럽게 빈 곳을 찾아가 앉았다. 의자는 어렸을 적 시골 교회에서 보았던 것과 같은 긴 나무의자였다. '교회에서는 긴 의자를 써야한다는 규정이라도 있나?' 달라진 것이 있다면 그때 시골교회의 의자에는 없던 성경책을 놓는 선반이 있는 것이었다.

그리고보니 다른 사람들 앞에는 성경책과 찬송가책이 나란히 놓여 있었다. 우리는 미처 준비를 하지 못해 당황했다. 그때 옆에 앉아있던 중년쯤 되어 보이는 아주머니가 자기가 보던 찬송가를 그대로 밀어주었다. 내가 고개를 숙여 감사하다는 목례를 하자 그녀는 그냥 살짝 웃기만 했다.

찬송가는 의외로 쉬웠다. 처음인데도 악보를 보면서 다른 사람들을 따라 하니 금방 할 수 있었다. 남편의 굵은 바리톤 음성이 들렸다.

몇 가지의 순서가 지나가자 담임목사라는 분이 강대 앞에 나와서 설교를 시작했다. 50대 후반쯤 되어보이는 목사는 호리호리한 체구와는 달리 목소리가 카랑카랑하고 힘이 있었다.

그는 강대의 좌우로 왔다갔다하기도 하고, 두 팔을 높이 들어 휘젓기도 하면서 온몸으로 설교를 했다.

그런데 설교의 주제가 하필이면 성윤리에 관한 것이었다.

"21세기 문턱을 넘어선 지금, 도덕과 윤리가 도처에서 무너져 가고 있습니다. 성해방을 외치는 자는 있어도 그 폐해로부터 인류를 구하려고 나서는 자는 없으니 암담하다 아니 할 수가 없습니다. 골목 골목에서 호모니 레즈비언들 노는 꼴이 가관입니다. 제가 어떻게 이 자리에서 그 실태를 다 말할 수 있겠습니까? 동물이나 벌레나 미물들도 동성끼리는 절대 흘레를 하지 않습니다. 그런데 만물의 영장이라는 인간이 그 질서를 깨고 있으니 창조주의 심중은 어떠하겠으며, 나머지 만물들 또한 뭐라고 하겠습니까?"

목사는 강조할 대목에 이르러서는 순간적으로 너무 마이크 가까이에 대고 큰소리로, 어렸을 적 웅변대회에서 보았던 것 같이, 외치는 바람에 깜짝 놀랐다. 목사는 대단히 흥분하고 있었다.

"저 어둠의 자식들을 가두어야 합니다.

저들이 어디에 잘 가고, 어디에 모이고, 어디서 무슨 짓을 어떻게 하는지는 말하지 않겠습니다. 누구나 조금만 더 관심을 가지고 보면 다 보고 다 알 수 있기 때문에 굳이 그럴 필요가 없겠지요. 저들이 한다는 짓들을 처음 전해 들었을 때에는 인간이 그처럼 추할 수 있다는 데에 경악했습니다.

내가 이렇게 열을 올려가며 그들을 성토하는 데에는 분명한 이유가 있습니다."

목사는 강대의 양쪽에 세워져 있는 마이크에 가까이 다가갔다가 멀어지기도 하면서 소리의 강약을 기술적으로 조정했다. 그 바람에 듣는 사람들은 저절로 그의 설교 속으로 빠져들었다.

"우리가 어떤 명제를 두고 논하려면 우주적이며 인류 보편적 가치관에 근거해야 합니다. 다시 말하면 인간을 비롯한 만물은 창조주 본래의 뜻과 의도대로 따라야 합니다.

말초신경에 초점을 맞추다 보면 개인주의만 판을 치게 됩니다. 존재하는 모든 것은 그 존재하는 이유와 목적, 그리고 기능이나 용도가 따로 있어요. 그러니 그에 맞게 정상적으로 쓰여져야 합니다. 그런데 잘 보십시오. 지금 인간들의 성은 잘못 왜곡되고 오도되어 심각하게 오염되고 있습니다. 창조주의 성에 대한 본래 의도와 목적은 인간이나 동물을 막론하고 종족을 보존하라고 만들어 주신 것인데 지금의 현실은 어떻습니까? 모든 동물들은 창조주의 뜻대로 잘 따르고 있는데 유독 인간들만이 거스르고 있어요.

두고보십시오. 어린이가 부모의 뜻을 거역하면 야단맞듯이 인간들도 머지않아 창조주로부터 호되게 혼날 것입니다. 아니 머지 않아가 아니라 이미 그런 징후가 나타나기 시작하고 있습니다. 요즈음 사회문제로 번지고 있는 에이즈라는 성병이 그 대표적인 것입니다. 위대했던, 그래서 영원히 지속되리라고 믿었던 로마의 역사도 몰락하려니까 퇴폐와 환락이 판을 쳤다는 사실을 우리는 역사책에서 읽었습니다.

그렇다고 일부 사람들이 주장하는 말세라는 이야기는 아닙니다만 결코 바람직하지 못한 현상임에는 틀림없습니다.

또하나 요즈음 세태에 유감스러운 현상이 또하나 있습니다.

남녀의 생리적 작용이 다른 것만큼 기능과 역할도 달라야 합니다. 그럼에도 불구하고 무엇이든 공평해야 하고, 평등해야 한다고 단세포적으로 몰아붙이는 것은 옳지 않아요. 이러다가는 남성보고 애까지 낳으라 하게 되겠어요. 가능한 일입니까? 그건 우주적 질서를 깨자는 것입니다. 우리는 그러한 소모적이고 후진하는 일에 열중해서는 안 됩니다. 우리가 함께 이 지구상에서 자손만대를 누리려면 그 첫 번째로 할 일이 자연으로 돌아가 자연의 질서를 지키는 일입니다. 그리고 두 번째는 쾌락주의에서 오는 몰인간적인 패륜을 막는 일입니다.

물론 부정과 사치, 각종 범죄 등 퇴치해야 할 일도 많습니다만, 이들보다 우선적으로 선행되어야 할 일이 바로 조금 전제가 말씀드린 두 가지 입니다."

열변을 토해내던 목사는 목이 타는지 앞에 놓인 물을 마셨다. 문득 병원에 있는 문 박사가 떠올랐다.

'어쩌면 물마시는 모습이 닮았어.'

교회의 예배순서는 그 뒤에도 몇가지 더 진행되었다. 나는 다소 번거롭다는 생각이 들었다. 마음에서 우러나 진심으로 반성하고 기도하면 되지 형식적인 의식이 좀 많다는 느낌이었다. 그러나 내가 그런 생각을 한다고 해서 오랫동안 관례화된 교회의 전통이 하루아침에 고쳐질 리는 없을 터. 나는 끝까지 기다리는 수밖에 없었다.

예배가 끝나고 집으로 돌아오면서 생각하니 쓴웃음이 나왔다. 왜 하필이면 오늘 목사의 설교주제가 성윤리에 관한 것이었지……? 우연의 일치였으리라고 생각하면서도 찜찜한 기분은 영 가시지 않았다.

남편도 같은 기분이었는지 별 말이 없었다.

집으로 돌아와 진영이의 기저귀를 갈아주려고 하는데 따르릉하고 전화벨이 울렸다.

"네! 홍희네 집입니다."

"응! 수진이구나. 나 강희야."

"누구? 강희? 오매! 어쩐 일이다냐?"

나는 너무 반가운 나머지 나도 모르게 고향 사투리가 저절로 튀어나왔다.

"기집애, 네 엄마한테 물어 봤지. 연락 좀 하지……"

"미안해. 좀 정신이 없었어."

"왜 무슨 일 있는 거니?"

"아니. 홍희도 크고 둘째도 태어나고 하니 그렇지 뭐!"

"둘째? 언제 낳았는데? 아들이야, 딸이야?"

"응! 며칠 안 되었어. 다 빼앗기기만 하면 불공평하지. 그래서 빼앗아 올 수 있는 아들 하나 만들었다야."

"오, 그래? 축하한다."

"고마워! 이렇게 잊지 않고 전화해 준 것도 고맙고……."

"고맙긴……. 오늘의 내가 있게 한 은인인데 잊어버릴 수 있겠어?"

"그런 소리하지 말아라, 얘! 무슨 은인이라고……."

"그러지 마! 난 널 한시도 잊지 않았어!"

"진짜? 고맙다. 그런데 어쩐 일이야? 이렇게 갑자기……."

"네 통장 계좌번호 좀 알려줄래?"

"뚱딴지 같이 그건 왜?"

"실은 우리 애 아빠가 작년에 조그만 벤처 기업을 하나 시작했는데 금년부터 운영이 잘 되고 있어. 그래서 집도 장만하고 살림도 좋아졌어."

"그래? 잘됐구나. 축하한다."

"그런데 며칠 전, 옛날 나 어렸을 적 이야기를 하다가 무심코 네가 내 등록금 내준 이야기를 하였더니, 선뜻 은혜를 갚으라고 하지 않니. 그래서……."

"기집애, 너도 주책이다. 그런 이야기는 왜 하니? 이미 다 잊혀진 옛날 이야기긴데……. 그리고 그때 그건 내가 그냥 줬던 거고…… . 너, 새삼스럽게 왜 그러니?"

"그래. 다 네 말이 맞아. 나도 그렇게 생각해. 그래서 굳이 그 일과 연관시키려는 게 아니야. 그런데 그때 나도 언젠가는 너처럼 그러리라고 마음먹고 있었어. 다만 그때가 지금일 뿐이야."

"말만 들어도 고맙다."

"고마운 건 나야. 나도 이제 너를 도울 수 있다고, 아니 늘 지고 다니던 멍에를 벗는다고 생각하니 얼마나 기쁜지 몰라."

"기집애! 네 마음만 받을께!"

"그런 소리 하지 말고…… . 지금 통장 번호 안 가르쳐 주면 나 너네집 찾아갈 거야!"

"됐어! 애! 그런 얘기 자꾸 하면 나 전화 끊는다."

"애, 수진아! 그러지 말고 내 뜻을 제대로 이해해줘! 우린 어렸을 적부터 친구였잖아. 왜 친구의 순수한 우정을 받아주지 않는 거니? 나는 그때 내가 먼저 도움을 요청했었잖아! 너도 그러면 안되니?"

"알았어, 내가 졌다. 알려줄께."

"고맙다. 너는 역시 내 친구야!"

"나두…… ."

나는 강희의 다음말이 따라오기 전에 얼른 수화기를 놓아버렸다. 더 오래 이야기하면 눈물이 나올 것 같았다.

홍희의 병치레 때문에 우리 부부의 병도 좀 일찍이 알게 되었다. 만일 그렇지 않았더라면 에이즈로 전이되어서야 알게 되었을 것이다. 홍희는 자기의 온 몸을 던져 우리 가족에게 에이즈라는 무서운 병마에 대해서 가르쳐 준 것이다.

남편도 이제는 정신적으로 안정을 찾아 비록 먼지를 뒤집어 쓰는 일이지만 싫다 않고 꼬박꼬박 잘 나간다. 그는 내게 직접 말은 하지 않지만 늘 미안해 한다.

"걱정하지 마! 우린 지금 아무렇지도 않잖아?! 앞으로도 괜찮을 거고…… 인생이란 그냥 새옹지마塞翁之馬야. 혹시 알아? 당신과 내가 놀라 넘어질 좋은 일이 있을지…… 성실하게 노력하며 사는 거야."

내가 어쩌다 우울해 보이면 남편은 한껏 목에 힘을 주고 가장 행세를 톡톡히 한다. 그의 그런 행동은 나에게 큰 힘이 된다. 그가 만약 예전처럼 말도 없이 무기력하다면 내가 더 많이 힘들 것이다.

비가 내렸다.

이제 곧 추워질 것이다. 이런 때 느끼는 내 감정의 전부는 따뜻함에 대한 어쩔 수 없는 향수다.

어렵게 시작한 글을 마치려 하니 고향의 엄마가 생각난다.

엄마에게 편지를 쓰는 것으로 글을 맺는다.

엄마! 번민과 갈등 속에서 이제 글쓰는 일을 마쳤어. 부끄러움보다는 당돌함이 이긴 거지. 결코 즐겁지 않은 글을 쓰다

보니 고통으로 밤을 지새우는 일도 많았어.

그러나 그냥 무기력하게 어둠의 뒤에 숨어 있기보다는 본디의 내 자리로 돌아와서 잃어버렸던 자신을 찾고, 또 나같은 불이익을 당하는 사람이 없도록 호소하고자 지난 일들을 떠올렸어.

참으로 어둡고 긴 터널이었어.

엄마! 아직도 내 뇌리 속에는 엄마의 귀여운 손녀가 어쩌면 먼저 이 세상을 떠날지 모른다는 생각이 꽉 차있어. 만일 그렇게 되면 어쩌지? 아무리 운명이라 돌리려 해도 마음이 아파 와. 엄마 역시 같은 심정이리라 믿어.

나 엄마에게 참 미안해! 내 마음은 엄마한테 웃음만 많이 드리고 싶은데 현실이 그러하지 못하네. 이러한 일들이 이 딸의 속뜻 아닌 것 엄마도 알지?

처음에는 내 잘못 없이 당해야 하는 고통이었기에 감당하기 벅찼어. 눈물도 많이 흘렸고……. 그때마다 길을 가다보면 돈을 주울 때도 있고 똥을 밟을 때도 있는 거라던 엄마의 말을 되새기며 참아냈어. 지금은 내 마음이 많이 단단해졌어.

엄마! 한때는 애꿎게도 엄마를 원망했던 적도 있었어.

단 한번밖에 실천하지 못할 선택을 하려고도 했어. 그러나 지금은 그것이 얼마나 어리석은 행동이었는지 잘 깨닫고 있어. 이제는 누구도 원망하지 않기로 했어. 남편과 나의 장래가 염려는 되지만 방황은 하지 않을께. 지금까지보다 더 험한 격랑이 밀려오더라도 피하지 않고 몸으로 부딪쳐 헤쳐나갈 각오를 하고 있어. 다만 홍희가 온전히 피기 전에 떨어지는 꽃잎이 될까봐 두렵고 마음이 아파.

이제는 인간의 목숨이 인간의 것이 아니라는 것을 깨달았어.

하여, 생사화복을 관장管掌하는 그분께 맡기고 내가 해야 할 일만 최선을 다 하려고 해.

엄마! 창 밖으로 보이는 도봉산의 숲이 어제의 그 빛이 아니네. 시간이 가을의 숲 속으로 지나간다는 흔적이겠지? 엄마와 홍희를 비롯한 우리 가족 모두 내년, 아니 20년, 30년 후에도 저 산이 변화되는 모습을 계속 볼 수 있게 되었으면 좋겠어.

엄마! 그렇게 되게 해달라고 기도할께.

오늘은 이만 마치고 다시 또 쓸께. 엄마 안녕!

2004년 가을의 끝에서
큰딸 수진

하얀노을

초판 1쇄 인쇄 | 2004년 11월 15일
초판 1쇄 발행 | 2004년 11월 19일

지은이 | 김수진
펴낸이 | 임종대
펴낸곳 | 미래문화사
출판등록 | 1976년 10월 19일   제3-44호
전자우편 | miraebooks@korea.com
mirae715@hanmail.net
전화번호 | 02-715-4507, 02-713-6647
팩스 | 02-713-4805,

ⓒ2004, 미래문화사
ISBN 89-7299-287-9   03810

*잘못된 책은 바꾸어 드립니다.
*책가격은 표지 뒷면에 있습니다.

■이 책은 한국에이즈퇴치연맹과 한국MSD의 지원으로 출판되었습니다.